100分間で楽しむ名作小説

文鳥

夏目漱石

角川文庫
24084

目次

文　鳥

十月早稲田《わせだ》に移る。* 伽藍《がらん》*のような書斎にただ一人《ひとり》、片付けた顔*を頬杖《ほおづえ》で支《ささ》えていると、三重吉《みえきち》*が来て、鳥をお飼いなさいと言う。飼ってもいいと答えた。しかし念のためだから、なにを飼うのかねと聞いたら、文鳥ですと言う返事であった。

文鳥は三重吉の小説*に出てくるくらいだから奇麗*な鳥に違いなかろうと思って、じゃ買ってくれたまえと頼んだ。ところが三重吉はぜひお飼いなさいと、同じようなことを繰り返している。うむ買うよ買うよとやはり頬杖を突いたままで、むにゃむにゃ言ってるうちに三重吉は黙ってしまった。おおかた頬杖に愛想を尽かしたんだろうと、この時はじめて気が付いた。

すると三分ばかりして、今度は籠《かご》をお買いなさいと言いだした。これも宜《よろ》しいと答えると、ぜひお買いなさいと念を押す代わりに、鳥籠の講釈を始めた。その講釈はだいぶ込み入ったものであったが、気の毒なことに、みんな忘れてしまった。ただ好《い》いのは二十円ぐらいするという段になって、急にそんな高価《たかい》のでなくっても善《よ》かろうと言っておいた。三重吉はにやにやしている。

それからぜんたいどこで買うのかと聞いてみると、なにどこの鳥屋にでもありますと、実に平凡な答えをした。籠はと聞き返すと、籠ですか、籠はそのなんですよ、なにどこにかあるでしょう、とまるで雲を攫《つか》むような寛大なことを言う。でも君あてがなくっちゃ不可《いけ》なかろうと、あたかも不可ないような顔をして見せたら、三重吉は頰《ほっ》ぺたへ手を宛《あ》てて、なんでも駒込《こまごめ》に籠の名人があるそうですが、年寄りだそうですから、もう死んだかもしれませんと、非常に心細くなってしまった。

なにしろ言いだしたものに責任を負わせるのは当然のことだから、さっそく万事を三重吉に依頼することにした。すると、すぐ金を出せと言う。

金はたしかに出した。三重吉はどこで買ったか、七子《ななこ》*の三つ折れの紙入れを懐中にしていて、人の金でも自分の金でも悉皆《しっかい》*この紙入れの中に入れる癖がある。自分は三重吉が五円札をたしかにこの紙入れの底へ押し込んだのを目撃した。

かようにして金はたしかに三重吉の手に落ちた。しかし鳥と籠とは容易にやってこない。

そのうち秋が小春*になった。三重吉はたびたび来る。よく女の話などをして帰ってゆく。文鳥と籠の講釈はまったく出ない。硝子戸《ガラスど》を透かして五尺の縁側には日が好《よ》く当たる。どうせ文鳥を飼うなら、こんな暖かい季節に、この縁側へ鳥籠を据《す》えてやったら、文鳥もさだめし鳴き善かろうと思うくらいであった。

三重吉の小説によると、文鳥は千代《ちよ》千代《ちよ》と鳴く*そうである。その鳴き声がだいぶ気に入ったとみえて、三重吉は千代千代を何度となく使っている。あるいは千代という女に惚《ほ》れていたことがあるのかもしれない。しかし当人はいっこうそんなことを言わない。自分も聞いてみない。ただ縁側に日が善く当たる。そうして文鳥が鳴かない。

そのうち霜が降りだした。自分は毎日伽藍のような書斎に、寒い顔を片付けてみたり、取り乱してみたり、頬杖を突いたり已《や》めたりして暮らしていた。戸は二重に締め切った。火鉢《ひばち》に炭ばかり継いでいる。文鳥はついに忘れた。

ところへ三重吉が門口から威勢よくはいってきた。時は宵《よい》の口であった。寒いから火鉢の上へ胸から上を翳《かざ》して、浮かぬ顔をわざとほてらしていたのが、急に陽気になった。三重吉は豊隆《ほうりゅう》*を従えている。豊隆はいい迷惑である。二人《ふたり》が籠を一つずつ持っている。その上に三重吉が大きな箱を兄き分に抱《かか》えている。五円札が文鳥と籠と箱になったのはこの初冬の晩であった。

三重吉は大得意である。まあ御覧なさいと言う。豊隆その洋燈《ランプ》をもっとこっちへ出せなどと言う。そのくせ寒いので鼻の頭が少し紫色になっている。

なるほど立派《りっぱ》な籠ができた。台が漆で塗ってある。竹は細く削った上に、色が染《つ》けてある。それで三円だと言う。安いなあ豊隆と言っている。豊隆はうん安いと言っている。自分は安いか高いか判然と判《わか》らないが、まあ安いなあと言っている。好いのになると二十円もするそうですと言う。二十円はこれで二返目である。二十円に比べて安いのはむろんである。

この漆はね、先生、日向《ひなた》へ出して曝《さら》しておくうちに黒味が取れてだんだん朱の色が出てきますから、――そうしてこの竹は一返善く煮たんだから大丈夫ですよなどと、しきりに説明してくれる。なにが大丈夫なのかねと聞き返すと、まあ鳥を御覧なさい、奇麗でしょうと言っている。

なるほど奇麗だ。次の間へ籠を据えて四尺ばかりこっちから見ると少しも動かない。薄暗い中に真白《まっしろ》に見える。籠の中にうずくまっていなければ鳥とは思えないほど白い。なんだか寒そうだ。

寒いだろうねと聞いてみると、そのために箱を作ったんだと言う。夜になればこの箱に入れてやるんだと言う。籠が二つあるのはどうするんだと聞くと、この粗末なほうへ入れて時々行水を使わせるのだと言う。これは少し手数が掛かるなと思っていると、それから糞《ふん》をして籠を汚《よご》しますから、時々掃除《そうじ》をしておやりなさいとつけ加えた。三重吉は文鳥のためにはなかなか強硬である。

それをはいはい引き受けると、今度は三重吉が袂《たもと》から粟《あわ》を一袋出した。これを毎朝食わせなくっちゃ不可ません。もし餌をかえてやらなければ、餌《え》壺《つぼ》を出して殻《から》だけ吹いておやんなさい。そうしないと文鳥が実のある粟を一々拾い出さなくっちゃなりませんから。水も毎朝かえておやんなさい。先生は寝坊だからちょうど好いでしょうとたいへん文鳥に親切を極《きわ》めている。そこで自分もよろしいと万事受け合った。ところへ豊隆が袂から餌壺と水入れを出して行儀よく自分の前に並べた。こう一切《いっさい》万事を調《ととの》えておいて、実行を逼《せま》られると、義理にも文鳥の世話をしなければならなくなる。内心ではよほど覚束《おぼつか》なかったが、まずやってみようとまでは決心した。もしできなければ家《うち》のものが、どうかするだろうと思った。

　やがて三重吉は鳥籠を丁寧に箱の中へ入れて、縁側へ持ち出して、ここへ置きますからと言って帰った。自分は伽藍のような書斎の真中《まんなか》に床を展《の》べて冷《ひや》やかに寝た。夢に文鳥を背負《しょ》い込んだ心持ちは、少し寒かったが眠《ねぶ》ってみれば不断の夜のごとく穏やかである。

　翌朝目が覚《さ》めると硝子戸に日が射《さ》している。たちまち文鳥に餌をやらなければならないなと思った。けれども起きるのが退儀であった。今に遣《や》ろう、今に遣ろうと考えているうちに、とうとう八時過ぎになった。仕方がないから顔を洗うついでをもって、冷たい縁を素足で踏みながら、箱の蓋《ふた》を取って鳥籠を明海《あかるみ》へ出した。文鳥は目をぱちつかせている。もっと早く起きたかったろうと思ったら気の毒になった。

　文鳥の目は真黒《まっくろ》である。瞼《まぶた》の周囲《まわり》に細い淡紅色《ときいろ》の絹糸を縫い付けたような筋が入《はい》っている。目をぱちつかせるたびに絹糸が急に寄って一本になる。と思うとまた丸くなる。籠を箱から出すやいなや、文鳥は白い首をちょっと傾けながらこの黒い目を移してはじめて自分の顔を見た。そうしてちちと鳴いた。

自分は静かに鳥籠を箱の上に据えた。文鳥はぱっと留まり木をはなれた。そうしてまた留まり木に乗った。留まり木は二本ある。黒味がかった青軸*をほどよき距離に橋と渡して横に並べた。その一本を軽く踏まえた足を見るといかにも華奢《きゃしゃ》にできている。細長い薄紅の端に真珠を削ったような爪《つめ》が着いて、手頃《てごろ》な留まり木を甘《うま》く抱え込んでいた。すると、ひらりと目先が動いた。文鳥はすでに留まり木の上で方向《むき》を換えていた。しきりに首を左右に傾《かたぶ》ける。傾けかけた首をふともち直して、こころもち前へ伸《の》したかと思ったら、白い羽根がまたちらりと動いた。文鳥の足は向こうの留まり木の真中《まんなか》あたりに具合よく落ちた。ちちと鳴く。そうして遠くから自分の顔を覗《のぞ》き込んだ。

自分は顔を洗いに風呂場《ふろば》へ行った。帰りに台所へ回って、戸棚《とだな》を明けて、昨夕《ゆうべ》三重吉の買ってきてくれた粟《あわ》の袋を出して、餌壺の中へ餌を入れて、もう一つには水をいっぱい入れて、また書斎の縁側へ出た。

三重吉は用意周到な男で、昨夕丁寧に餌を遣る時の心得を説明していった。その説によると、むやみに籠の戸を明けると文鳥が逃げ出してしまう。だから右の手で籠の戸を明けながら、左の手をその下へ宛《あ》てがって、外から出口を塞《ふさ》ぐようにしなくっては危険だ。餌壺を出す時も同じ心得で遣らなければならない。とその手つきまでして見せたが、こう両方の手を使って、餌壺をどうして籠の中へ入れることができるのか、つい聞いておかなかった。

自分は已《や》むを得ず餌壺を持ったまま手の甲で籠の戸をそろりと上へ押上げた。同時に左の手で開《あ》いた口をすぐ塞いだ。鳥はちょっと振り返った。そうして、ちちと鳴いた。自分は出口を塞いだ左の手の処置に窮した。人の隙《すき》を窺《うかが》って逃げるような鳥とも見えないので、なんとなく気の毒になった。三重吉は悪いことを教えた。

大きな手をそろそろ籠の中へ入れた。すると文鳥は急に羽搏《はばた》きを始めた。

細く削った竹の目から暖かいむく毛が、白く飛ぶほどに翼を鳴らした。自分は急に自分の大きな手が厭《いや》になった。粟の壺と水の壺を留まり木の間にようやく置くやいなや、手を引き込ました。籠の戸ははたりとひとりでに落ちた。文鳥は留まり木の上に戻《もど》った。白い首を半ば横に向けて、籠の外にいる自分を見上げた。それから曲げた首をまっすぐにして足の下《もと》にある粟と水を眺《なが》めた。自分は食事をしに茶の間へ行った。

そのころは日課として小説*を書いている時分であった。飯と飯のあいだはたいてい机に向かって筆を握っていた。静かな時は自分で紙の上を走るペンの音を聞くことができた。伽藍のような書斎へは誰《だれ》もはいってこない習慣であった。筆の音に淋《さび》しさという意味を感じた朝も昼も晩もあった。しかし時々はこの筆の音がぴたりと已む、また已めねばならぬ、折もだいぶあった。その時は指の股《また》に筆を挟《はさ》んだまま手の平へ顎《あご》を載せて硝子越しに吹き荒れた庭を眺めるのが癖であった。それが済むと載せた顎を一応撮《つま》んでみる。それでも筆と紙がいっしょにならない時は、撮んだ顎を二本の指で伸してみる。すると縁側で文鳥がたちまち千代千代と二声鳴いた。

筆を擱《お》いて、そっと出て見ると、文鳥は自分の方を向いたまま、留まり木の上から、のめりそうに白い胸を突き出して、高く千代と言った。三重吉が聞いたらさぞ喜ぶだろうと思うほどな美い《い》声で千代と言った。三重吉は今に馴《な》れると千代と鳴きますよ、きっと鳴きますよ、と受け合って帰って行った。

自分はまた籠の傍《そば》へしゃがんだ。文鳥は膨《ふく》らんだ首を二、三度竪横《たてよこ》に向け直した。やがて一団《ひとかたまり》の白い体がぽいと留まり木の上を抜け出した。と思うと奇麗な足の爪が半分ほど餌壺の縁から後ろへ出た。小指を掛けてもすぐ引っ繰り返りそうな餌壺は釣鐘《つりがね》のように静かである。さすがに文鳥は軽いものだ。なんだか淡雪の精のような気がした。

文鳥はつと嘴《くちばし》を餌壺の真中《まんなか》に落とした。そうして二、三度左右に振った。奇麗に平《なら》して入れてあった粟がはらはらと籠の底に零《こぼ》れた。文鳥は嘴を上げた。咽喉《のど》のところで微《かす》かな音がする。また嘴を粟の真中に落とす。また微かな音がする。その音が面白《おもしろ》い。静かに聴《き》いていると、まるくて細やかで、しかも非常に速《すみ》やかである。菫《すみれ》ほどな小さい人*が、黄金《こがね》の槌《つち》で瑪瑙《めのう》の碁石でもつづけざまに敲《たた》いているような気がする。

嘴の色を見ると紫を薄く混ぜた紅《べに》のようである。その紅がしだいに流れて、粟をつつく口尖《くちさき》の辺《あたり》は白い。象牙《ぞうげ》を半透明にした白さである。この嘴が粟の中へはいる時は非常に早い。左右に振《ふ》り蒔《ま》く粟の珠《たま》も非常に軽そうだ。文鳥は身を逆《さかさま》にしないばかりに尖《とが》った嘴を黄色い粒の中に刺し込んでは、膨んだ首を惜し気もなく右左へ振る。籠の底に飛び散る粟の数は幾粒だか分《わか》らない。それでも餌壺だけは寂然《せきぜん》として静かである。重いものである。餌壺の直径は一寸五分ほどだと思う。

自分はそっと書斎へ帰って淋しくペンを紙の上に走らしていた。縁側では文鳥がちちと鳴く。おりおりは千代千代とも鳴く。外では木枯らしが吹いていた。

夕方には文鳥が水を飲むところを見た。細い足を壺の縁へ懸《か》けて、小《ち》さい嘴に受けた一雫《しずく》を大事そうに、仰向《あおむ》いて呑《の》み下している。この分では一杯の水が十日ぐらい続くだろうと思ってまた書斎へ帰った。晩には箱へ仕《し》舞《ま》ってやった。寝る時硝子戸から外を覗いたら、月が出て、霜が降っていた。文鳥は箱の中でことりともしなかった。

明くる日もまた気の毒なことに遅《おそ》く起きて、箱から籠を出してやったのは、やっぱり八時過ぎであった。箱の中ではとうから目が覚めていたんだろう。それでも文鳥はいっこう不平らしい顔もしなかった。籠が明るいところへ出るやいなや、いきなり目をしばたたいて、こころもち首をすくめて、自分の顔を見た。

昔美しい女を知っていた。この女が机に凭《もた》れてなにか考えているところを、後ろから、そっと行って、紫の帯上げの房《ふさ》になった先を、長く垂《た》らして、頸筋《くびすじ》の細いあたりを、上から撫《な》で回したら、女はものう気に後ろを向いた。その時女の眉《まゆ》はこころもち八の字に寄っていた。それで目尻《めじり》と口元には笑いが萌《きざ》していた。同時に恰好《かっこう》の好《よ》い頸を肩まですくめていた。文鳥が自分を見た時、自分はふとこの女のことを思い出した。この女は今嫁に行った。自分が紫の帯上げでいたずらをしたのは縁談の極《きま》った二、三日あとである。

餌壺にはまだ粟が八分どおりはいっている。しかし殻もだいぶ混じっていた。水入れには粟の殻が一面に浮いて、苛《いた》く濁っていた。易《か》えてやらなければならない。また大きな手を籠の中へ入れた。非常に要心して入れたにもかかわらず、文鳥は白い翼を乱して騒いだ。小さい羽根が一本抜けても、自分は文鳥に済まないと思った。殻は奇麗に吹いた。吹かれた殻は木枯らしがどこかへ持っていった。水も易えてやった。水道の水だからたいへん冷たい。

その日は一日淋しいペンの音を聞いて暮らした。そのあいだにはおりおり千代千代という声も聞こえた。文鳥も淋しいから鳴くのではなかろうかと考えた。しかし縁側へ出て見ると、二本の留まり木の間を、あっちへ飛んだり、こっちへ飛んだり、絶え間なく行きつ戻りつしている。少しも不平らしい様子はなかった。

　夜は箱へ入れた。明くる朝目が覚めると、外は白い霜だ。文鳥も目が覚めているだろうが、なかなか起きる気にならない。枕元《まくらもと》にある新聞を手に取るさえ難儀だ。それでも煙草《たばこ》は一本ふかした。この一本をふかしてしまったら、起きて籠から出してやろうと思いながら、口から出る煙《けぶり》の行方《ゆくえ》を見詰めていた。するとこの煙の中に、首をすくめた、目を細くした、しかもこころもち眉を寄せた昔の女の顔がちょっと見えた。自分は床の上に起き直った。寝巻の上へ羽織を引っ掛けて、すぐ縁側へ出た。そうして箱の蓋《ふた》をはずして、文鳥を出した。文鳥は箱から出ながら、千代千代と二声鳴いた。

　三重吉の説によると、馴れるに従って、文鳥が人の顔を見て鳴くようになるんだそうだ。現に三重吉の飼っていた文鳥は、三重吉が傍《そば》にいさえすれば、しきりに千代千代と鳴きつづけたそうだ。のみならず三重吉の指の先から餌を食べると言う。自分もいつか指の先で餌をやってみたいと思った。

次の朝はまた怠《なま》けた。昔の女の顔もつい思い出さなかった。顔を洗って、食事を済まして、はじめて、気が付いたように縁側へ出て見ると、いつのまにか籠が箱の上に乗っている。文鳥はもう留まり木の上を面白《おもしろ》そうにあちら、こちらと飛び移っている。そうして時々は首を伸《の》して籠の外を下の方から覗いている。その様子がなかなか無邪気である。昔紫の帯上げでいたずらをした女は襟《えり》の長い、背《せい》のすらりとした、ちょっと首を曲げて人を見る癖があった。

粟はまだある。水もまだある。文鳥は満足している。自分は粟も水も易えずに書斎に引っ込んだ。

昼過ぎまた縁側へ出た。食後の運動かたがた、五、六間の回り縁を、あるきながら書見するつもりであった。ところが出て見ると粟がもう七分がた尽きている。水もまったく濁ってしまった。書物を縁側へ抛《ほう》り出しておいて、急いで餌と水を易えてやった。

次の日もまた遅く起きた。しかも顔を洗って飯を食うまでは縁側を覗かなかった。書斎に帰ってから、あるいは昨日《きのう》のように、家《うち》の人《もの》が籠を出しておきはせぬかと、ちょっと縁へ顔だけ出して見たら、はたして出してあった。そのうえ餌も水も新しくなっていた。自分はやっと安心して首を書斎に入れた。とたんに文鳥は千代千代と鳴いた。それで引っ込めた首をまた出して見た。けれども文鳥は再び鳴かなかった。けげんな顔をして硝子越しに庭の霜を眺めていた。自分はとうとう机の前に帰った。

書斎の中では相変わらずペンの音がさらさらする。書きかけた小説はだいぶんはかどった。指の先が冷たい。今朝《けさ》埋けた佐倉炭《さくらずみ》*は白くなって、薩《さっ》摩《ま》五徳《ごとく》*に懸《か》けた鉄瓶《てつびん》がほとんど冷《さ》めている。炭取りは空《から》だ。手を敲《たた》いたがちょっと台所まで聴《き》こえない。立って戸を明けると、文鳥は例に似ず留まり木の上にじっと留まっている。よく見ると足が一本しかない。自分は炭取りを縁に置いて、上からこごんで籠の中を覗き込んだ。いくら見ても足は一本しかない。文鳥はこの華奢《きゃしゃ》な一本の細い足に総身《そうみ》を託して黙然として、籠の中に片付いている。

自分は不思議に思った。文鳥について万事を説明した三重吉もこのことだけは抜いたとみえる。自分が炭取りに炭を入れて帰った時、文鳥の足はまだ一本であった。しばらく寒い縁側に立って眺めていたが、文鳥は動く気色《けしき》もない。音を立てないで見詰めていると、文鳥は丸い目をしだいに細くしだした。おおかた眠たいのだろうと思って、そっと書斎へはいろうとして、一歩足を動かすやいなや、文鳥はまた目を開いた。同時に真白な胸の中から細い足を一本出した。自分は戸を閉《た》てて火鉢《ひばち》へ炭をついだ。

小説はしだいに忙しくなる。朝は依然として寝坊をする。一度家《うち》のものが文鳥の世話をしてくれてから、なんだか自分の責任が軽くなったような心持ちがする。家のものが忘れる時は、自分が餌をやる水をやる。籠の出し入れをする。しない時は、家のものを呼んでさせることもある。自分はただ文鳥の声を聞くだけが役目のようになった。

それでも縁側へ出る時は、必ず籠の前へ立ち留まって文鳥の様子を見た。

たいていは狭い籠を苦にもしないで、二本の留まり木を満足そうに往復していた。天気の好い時は薄い日を硝子越しに浴びて、しきりに鳴き立てていた。しかし三重吉の言ったように、自分の顔を見てことさらに鳴く気色はさらになかった。

自分の指からじかに餌を食うなどということはむろんなかった。おりおり機嫌《きげん》のいい時は麺麭《パン》の粉《こ》などを人指《ひとさ》し指《ゆび》の先へつけて竹の間からちょっとだしてみることがあるが文鳥は決して近づかない。少し無遠慮に突き込んでみると、文鳥は指の太いのに驚いて白い翼を乱して籠の中を騒ぎ回るのみであった。二、三度試みた後、自分は気の毒になって、この芸だけは永久に断念してしまった。今の世にこんなことのできるものがいるかどうだかはなはだ疑わしい。おそらく古代の聖徒《せいんと》の仕事だろう。三重吉は嘘《うそ》を吐《つ》いたに違いない。

ある日のこと、書斎で例のごとくペンの音を立てて侘《わび》しいことを書き連ねていると、ふと妙な音が耳にはいった。縁側でさらさら、さらさらいう。

女が長い衣の裾《すそ》を捌《さば》いているようにも受け取られるが、ただの女のそれとしては、あまりにも仰山《ぎょうさん》である。雛段《ひなだん》をあるく、内裏雛《だいりびな》の袴《はかま》の襞《ひだ》の擦《す》れる音とでも形容したらよかろうと思った。自分は書きかけた小説を余所《よそ》にして、ペンを持ったまま縁側へ出て見た。すると文鳥が行水を使っていた。

水はちょうど易え立てであった。文鳥は軽い足を水入れの真中に胸毛まで浸して、時々は白い翼を左右にひろげながら、こころもち水入れの中にしゃがむように腹を圧《お》し付けつつ、総身《そうみ》の毛を一度に振っている。そうして水入れの縁にひょいと飛び上がる。しばらくしてまた飛び込む。水入れの直径は一寸五分ぐらいにすぎない。飛び込んだ時は尾も余り、頭も余り、背はむろん余る。水に浸《つか》るのは足と胸だけである。それでも文鳥は欣然《きんぜん》として行水を使っている。

自分は急に易え籠を取ってきた。そうして文鳥をこのほうへ移した。それから如露《じょろ》を持って風呂場へ行って、水道の水を汲《く》んで、籠の上からさあさあと掛けてやった。如露の水が尽《つ》きるころには白い羽根から落ちる水が珠《たま》になって転《ころが》った。文鳥は絶えず目をぱちぱちさせていた。

昔紫の帯上げでいたずらをした女が、座敷で仕事をしていた時、裏二階から懐中鏡《ふところかがみ》で女の顔へ春の光線を反射させて楽しんだことがある。女は薄《うす》紅《あか》くなった頬《ほお》を上げて、繊《ほそ》い手を額の前に翳《かざ》しながら、不思議そうに瞬《まばたき》をした。この女とこの文鳥とはおそらく同じ心持ちだろう。

日数《ひかず》が立つに従って文鳥は善く囀《さえず》る。しかしよく忘れられる。ある時は餌壺が粟の殻だけになっていたことがある。ある時は籠が糞《ふん》でいっぱいになっていたことがある。ある晩宴会があって遅く帰ったら、冬の月が硝子越しに差し込んで、広い縁側がほの明るく見えるなかに、鳥籠がしんとして、箱の上に乗っていた。その隅《すみ》に文鳥の体が薄白く浮いたまま留まり木の上に、あるか無きかに思われた。自分は外套《がいとう》の羽根*を返して、すぐ鳥籠を箱のなかへ入れてやった。

翌日文鳥は例のごとく元気よく囀っていた。それからは時々寒い夜《よる》も箱に仕舞ってやるのを忘れることがあった。ある晩いつものとおり書斎で専念にペンの音を聞いていると、突然縁側の方でがたりと物の覆《くつがえ》った音がした。しかし自分は立たなかった。依然として急ぐ小説を書いていた。わざわざ立っていって、なんでもないと忌々《いまいま》しいから、気にかからないではなかったが、やはりちょっと聞き耳を立てたまま知らぬ顔で済ましていた。その晩寝たのは十二時過ぎであった。便所に行ったついで、気掛かりだから、念のため一応縁側へ回ってみると——

籠は箱の上から落ちている。そうして横に倒れている。水入れも餌壺も引っ繰り返っている。粟は一面に縁側に散らばっている。留まり木は抜け出している。文鳥はしのびやかに鳥籠の桟《さん》にかじり付いていた。自分は明日《あした》から誓ってこの縁側に猫《ねこ》を入れまいと決心した。

翌日《あくるひ》文鳥は鳴かなかった。粟を山盛り入れてやった。水を漲《みなぎ》るほど入れてやった。文鳥は一本足のまま長らく留まり木の上を動かなかった。午飯《ひるめし》を食ってから、三重吉に手紙を書こうと思って、二、三行書きだすと、文鳥がちちと鳴いた。自分は手紙の筆を留めた。文鳥がまたちちと鳴いた。出て見たら粟も水もだいぶん減っている。手紙はそれぎりにして裂いて捨てた。

翌日文鳥がまた鳴かなくなった。留まり木を下《お》りて籠の底へ腹を圧し付けていた。胸のところが少し膨んで、小さい毛が漣《さざなみ》のように乱れて見えた。自分はこの朝、三重吉から例の件で某所まで来てくれという手紙を受け取った。十時までにという依頼であるから、文鳥をそのままにしておいて出た。三重吉に逢《あ》ってみると例の件がいろいろ長くなって、いっしょに午飯を食う。いっしょに晩飯を食う。そのうえ明日《あす》の会合まで約束して宅《うち》へ帰った。帰ったのは夜の九時ごろである。文鳥のことはすっかり忘れていた。疲れたから、すぐ床へはいって寝てしまった。

翌日《あくるひ》目が覚めるやいなや、すぐ例の件を思い出した。いくら当人が承知だって、そんなところへ嫁に遣るのは行末よくあるまい、まだ子供だからどこへでも行けと言われるところへ行く気になるんだろう。いったん行けばむやみに出られるものじゃない。世の中には満足しながら不幸に陥ってゆく者がたくさんある。などと考えて楊枝《ようじ》を使って、朝飯を済ましてまた例の件を片付けに出掛けていった。

帰ったのは午後三時ごろである。玄関へ外套《がいとう》を懸けて廊下伝いに書斎へはいるつもりで例の縁側へ出て見ると、鳥籠が箱の上に出してあった。けれども文鳥は籠の底に反《そ》っ繰《く》り返っていた。二本の足を硬《かた》く揃《そろ》えて、胴と直線に伸ばしていた。自分は籠の傍《わき》に立って、じっと文鳥を見守った。黒い目を眠《ねぶ》っている。瞼《まぶた》の色は薄蒼《うすあお》く変わった。

餌壺には粟の殻ばかり溜《たま》っている。啄《ついば》むべきは一粒もない。水入れは底の光るほど涸《か》れている。西へ回った日が硝子戸を洩《も》れて斜めに籠に落ちかかる。台に塗った漆は、三重吉の言ったごとく、いつのまにか黒味が脱《ぬ》けて、朱の色が出てきた。

自分は冬の日に色づいた朱の台を眺めた。空《から》になった餌壺を眺めた。空《むな》しく橋を渡している二本の留まり木を眺めた。そうしてその下に横たわる硬い文鳥を眺めた。

自分はこごんで両手に鳥籠を抱《かか》えた。そうして、書斎へ持ってはいった。

十畳の真中へ鳥籠を卸《おろ》して、その前へかしこまって、籠の戸を開いて、大きな手を入れて、文鳥を握ってみた。柔らかい羽根は冷え切っている。拳《こぶし》を籠から引き出して、握った手を開けると、文鳥は静かに掌《てのひら》の上にある。自分は手を開けたまま、しばらく死んだ鳥を見詰めていた。それから、そっと座布団《ざぶとん》の上に卸した。そうして、烈《はげ》しく手を鳴らした。

十六になる小女が、はいと言って敷居際《しきいぎわ》に手をつかえる。自分はいきなり布団の上にある文鳥を握って、小女の前へ抛り出した。小女は俯向《うつむ》いて畳を眺めたまま黙っている。自分は、餌を遣らないから、とうとう死んでしまったと言いながら、下女の顔を睥《にら》めつけた。下女はそれでも黙っている。

自分は机の方へ向き直った。そうして三重吉へ端書《はがき》をかいた。「家《うち》の人《もの》が餌を遣らないものだから、文鳥はとうとう死んでしまった。たのみもせぬものを籠へ入れて、しかも餌を遣る義務さえ尽くさないのは残酷の至りだ」という文句であった。

自分はこれを投函《だ》してこい、そうしてその文鳥をそっちへ持ってゆけと下女に言った。下女は、どこへ持ってまいりますかと聞き返した。どこへでもかってに持ってゆけと怒鳴《どな》りつけたら、驚いて台所へ持っていった。

しばらくすると裏庭で、子供が文鳥を埋めるんだ埋めるんだと騒いでいる。庭掃除《にわそうじ》に頼んだ植木屋が、お嬢さん、ここいらが好いでしょうと言っている。自分は進まぬながら、書斎でペンを動かしていた。

翌日はなんだか頭が重いので、十時ごろになってようやく起きた。顔を洗いながら裏庭を見ると、昨日《きのう》植木屋の声がしたあたりに、小さい公札《ち》が、蒼《あお》い木賊《とくさ》の一株と並んで立っている。高さは木賊よりもずっと低い。庭下駄《にわげ　た》*を穿《は》いて、日影の霜を踏み砕いて、近付いて見ると、公札の表には、この土手登るべからずとあった。筆子《ふでこ》*の手跡である。

午後三重吉から返事がきた。文鳥は可愛想《かわいそう》なことを致《いた》しましたとあるばかりで家《うち》の人《もの》が悪いとも残酷だともいっこう書いてなかった。

（明治四一・六・一三—二一）

夢十夜

第一夜

こんな夢を見た。

腕組みをして枕元《まくらもと》に坐《すわ》っていると、仰向《あおむ》きに寝た女が、静かな声でもう死にますと言う。女は長い髪を枕に敷いて、輪郭の柔らかな瓜実顔《うりざねがお》をその中に横たえている。真白《まっしろ》な頬《ほお》の底に温《あたた》かい血の色がほどよく差して、唇《くちびる》の色はむろん赤い。とうてい死にそうには見えない。しかし女は静かな声で、もう死にますとはっきり言った。自分もたしかにこれは死ぬなと思った。そこで、そうかね、もう死ぬのかね、と上から覗《のぞ》き込むようにして聞いてみた。死にますとも、と言いながら、女はぱっちりと目を開《あ》けた。大きな潤いのある目で、長い睫《まつげ》に包まれたなかは、ただ一面に真黒《まっくろ》であった。その真黒な眸《ひとみ》の奥に、自分の姿が鮮《あざ》やかに浮かんでいる。

自分は透き徹《とお》るほど深く見えるこの黒目の色沢《つや》を眺《なが》めて、これでも死ぬのかと思った。それで、ねんごろに枕の傍《そば》へ口を付けて、死ぬんじゃなかろうね、大丈夫だろうね、とまた聞き返した。すると女は黒い目を眠そうに睜《みは》ったまま、やっぱり静かな声で、でも、死ぬんですもの、仕方がないわと言った。

じゃ、私《わたし》の顔が見えるかいと一心に聞くと、見えるかいって、そら、そこに、写ってるじゃありませんかと、にこりと笑って見せた。自分は黙って、顔を枕から離した。腕組みをしながら、どうしても死ぬのかなと思った。

しばらくして、女がまたこう言った。

「死んだら、埋めてください。大きな真珠貝で穴を掘って。そうして天から落ちてくる星の破片《かけ》を墓標《はかじるし》に置いてください。そうして墓の傍に待っていてください。また逢《あ》いに来ますから」

自分は、いつ逢いに来るかねと聞いた。

「日が出るでしょう。それから日が沈むでしょう。それからまた出るでしょう、そうしてまた沈むでしょう。――赤い日が東から西へ、東から西へと落ちてゆくうちに、――あなた、待っていられますか」

自分は黙って首肯《うなず》いた。女は静かな調子を一段張り上げて、

「百年待っていてください」と思い切った声で言った。

「百年、私《わたくし》の墓の傍に坐って待っていてください。きっと逢いに来ますから」

自分はただ待っていると答えた。すると、黒い眸のなかにあざやかに見えた自分の姿が、ぼうっと崩《くず》れてきた。静かな水が動いて写る影を乱したように、流れ出したと思ったら、女の目がぱちりと閉じた。長い睫のあいだから涙が頰へ垂《た》れた。――もう死んでいた。

自分はそれから庭へ下《お》りて、真珠貝で穴を掘った。真珠貝は大きな滑《なめ》ら

かな縁の鋭い貝であった。土をすくうたびに、貝の裏に月の光が差してきらきらした。湿った土の匂《にお》いもした。穴はしばらくして掘れた。女をその中に入れた。そうして柔らかい土を、上からそっと掛けた。掛けるたびに真珠貝の裏に月の光が差した。

それから星の破片《かけ》の落ちたのを拾ってきて、かろく土の上へ乗せた。星の破片は丸かった。長いあいだ大空を落ちている間に、角《かど》が取れて滑らかになったんだろうと思った。抱き上げて土の上へ置くうちに、自分の胸と手が少し暖かくなった。

自分は苔《こけ》の上に坐った。これから百年のあいだこうして待っているんだなと考えながら、腕組みをして、丸い墓石を眺めていた。そのうちに、女の言ったとおり日が東から出た。大きな赤い日であった。それがまた女の言ったとおり、やがて西へ落ちた。赤いまんまでのっと*落ちていった。一つと自分は勘定した。

しばらくするとまた唐紅《からくれない》の天道《てんとう》*がのそりと上ってきた。そうして黙って沈んでしまった。二つとまた勘定した。

自分はこういうふうに一つ二つと勘定してゆくうちに、赤い日をいくつ見たか分《わか》らない。勘定しても、勘定しても、しつくせないほど赤い日が頭の上を通り越していった。それでも百年がまだ来ない。しまいには、苔の生《は》えた丸い石を眺めて、自分は女に欺《だま》されたのではなかろうかと思いだした。

すると石の下から斜《はす》に自分の方へ向いて青い茎が伸びてきた。見る間に長くなってちょうど自分の胸のあたりまで来て留まった。と思うと、すらりと揺《ゆら》ぐ茎の頂に、こころもち首を傾《かたぶ》けていた細長い一輪の蕾《つぼみ》が、ふっくらと弁《はなびら》を開いた。真白《まっしろ》な百合《ゆり》が鼻の先で骨に徹《こた》えるほど匂った。そこへはるかの上から、ぽたりと露が落ちたので、花は自分の重みでふらふらと動いた。自分は首を前へ出して冷たい露の滴《したた》る、白い花弁《はなびら》に接吻《せっぷん》した。自分が百合から顔を離す拍子に思わず、遠い空を見たら、暁の星がたった一つ瞬《またた》いていた。

「百年はもう来ていたんだな」とこの時はじめて気が付いた。

第二夜

こんな夢を見た。

和尚《おしょう》の室を退《さが》って、廊下伝いに自分の部屋《へや》へ帰ると行燈《あんどう》がぼんやり点《とも》っている。片膝《かたひざ》を座蒲団《ざぶとん》の上に突いて燈心を掻《か》き立てたとき、花のような丁《ちょう》子《じ》*がぱたりと朱塗りの台に落ちた。同時に部屋がぱっと明るくなった。

襖《ふすま》の画《え》は蕪村《ぶそん》の筆である。黒い柳を濃く薄く、遠近《おちこち》とかいて、寒そうな漁夫が笠《かさ》を傾けて土手の上を通る。床には海中文珠《かいちゅうもんじゅ》*の軸が懸《かか》っている。焚《た》き残した線香が暗い方でいまだに臭《にお》っている。広い寺だから森閑《しんかん》として、人気がない。黒い天井に差す丸行燈の丸い影が、仰向《あおむ》くとたんに生きてるように見えた。

立て膝《ひざ》をしたまま、左の手で座蒲団を捲《めく》って、右を差し込んでみると、思ったところに、ちゃんとあった。あれば安心だから、蒲団をもとのごとく直して、その上にどっかり坐《すわ》った。

お前は侍である。侍なら悟れぬはずはなかろうと和尚が言った。そういつまでも悟れぬところをもってみると、お前は侍ではあるまいと言った。人間の屑《くず》じゃと言った。ははあ怒《おこ》ったなと言って笑った。口惜《くや》しければ悟った証拠を持ってこいと言ってぷいと向こうをむいた。怪《け》しからん。

隣の広間の床に据《す》えてある置き時計が次の刻《とき》を打つまでには、きっと悟ってみせる。悟ったうえで、今夜また入室*する。そうして和尚の首と悟りと引替えにしてやる。悟らなければ、和尚の命が取れない。どうしても悟らなければならない。自分は侍である。

もし悟れなければ自刃する。侍が辱《はずか》しめられて、生きているわけにはゆかない。奇麗に死んでしまう。

こう考えた時、自分の手はまた思わず布団の下へはいった。そうして朱《しゅ》鞘《ざや》の短刀を引き摺《ず》り出した。ぐっと束《つか》を握って、赤い鞘を向こうへ払ったら、冷たい刃が一度に暗い部屋で光った。凄《すご》いものが手元から、すうすうと逃げてゆくように思われる。そうして、ことごとく切っ先へ集まって殺気を一点に籠《こ》めている。自分はこの鋭い刃が、無念にも針の頭のように縮められて、九寸五分の先へ来て已《や》むを得ず尖《とが》ってるのを見て、たちまちぐさりと遣《や》りたくなった。身体《からだ》の血が右の手首の方へ流れてきて、握っている束がにちゃにちゃする。唇《くちびる》が顫《ふる》えた。

短刀を鞘へ収めて右脇《みぎわき》へ引きつけておいて、それから全伽《ぜんが》*を組んだ。——趙州《じょうしゅう》*曰《いわ》く無と。無とはなんだ。糞坊主《くそぼうず》めと歯噛《はが》みをした。

奥歯を強く咬《か》み締めたので、鼻から熱い息が荒く出る。米噛《こめかみ》が釣《つ》って痛い。目は普通の倍も大きく開《あ》けてやった。

懸物《かけもの》が見える。行燈が見える。畳が見える。和尚の薬罐頭《やかんあたま》がありありと見える。鰐口《わにぐち》*を開いて嘲笑《あざわら》った声まで聞こえる。怪しからん坊主だ。どうしてもあの薬罐を首にしなくてはならん。悟ってやる。無だ、無だと舌の根で念じた。無だというのにやっぱり線香の香《におい》がした。なんだ線香のくせに。

　自分はいきなり拳骨《げんこつ》を固めて自分の頭をいやというほど擲《なぐ》った。そうして奥歯をぎりぎりと嚙《か》んだ。両腋《りょうわき》から汗が出る。背中が棒のようになった。膝の接《つ》ぎ目が急に痛くなった。膝が折れたってどうあるものかと思った。けれども痛い。苦しい。無はなかなか出てこない。出てくると思うとすぐ痛くなる。腹が立つ。無念になる。非常に口惜《くや》しくなる。涙がほろほろ出る。一思いに身を巨巌《おおいわ》の上に打《ぶ》つけて、骨も肉もめちゃめちゃに砕いてしまいたくなる。

　それでも我慢してじっと坐《すわ》っていた。堪えがたいほど切ないものを胸に盛《い》れて忍んでいた。その切ないものが身体中《からだじゅう》の筋肉を下から持ち上げて、毛穴から外へ吹き出よう吹き出ようと焦《あせ》るけれども、どこも一面に塞《ふさ》がって、まるで出口がないような残刻極《きわま》る状態であった。

　そのうちに頭が変になった。行燈も蕪村の画も、畳も、違《ちが》い棚《だな》もあって*ないような、なくってあるように見えた。といって無はちっとも現前しない。ただ好《い》い加減《かげん》に坐っていたようである。ところへ忽然《こつぜん》隣座敷の時計がチーンと鳴りはじめた。

はっと思った。右の手をすぐ短刀に掛けた。時計が二つ目をチーンと打った。

第三夜

こんな夢を見た。

六つになる子供を負《おぶ》ってる。たしかに自分の子である。ただ不思議なことにはいつのまにか目が潰《つぶ》れて、青坊主になっている。自分がお前の目はいつ潰れたのかいと聞くと、なに昔からさと答えた。声は子供の声に相違ないが、言葉つきはまるで大人《おとな》である。しかも対等だ。

左右は青田である。路《みち》は細い。鷺《さぎ》の影が時々闇《やみ》に差す。

「田圃《たんぼ》へ掛かったね」と背中で言った。

「どうして解《わか》る」と顔を後ろへ振り向けるようにして聞いたら、

「だって鷺が鳴くじゃないか」と答えた。

すると鷺がはたして二声ほど鳴いた。

自分はわが子ながら少し怖《こわ》くなった。こんなものを背負《しょ》っていては、このさきどうなるか分《わか》らない。どこか打遣《うっち》ゃるところはなかろうかと向こうを見ると闇の中に大きな森が見えた。あすこならばと考えだすとたんに、背中で、

「ふふん」と言う声がした。

「なにを笑うんだ」

子供は返事をしなかった。ただ
「お父《とっ》さん、重いかい」と聞いた。

「重かあない」と答えると
「今に重くなるよ」と言った。

自分は黙って森を目標《めじるし》にあるいていった。田の中の路が不規則にうねっ

てなかなか思うように出られない。しばらくすると二股《ふたまた》になった。自分は股の根に立って、ちょっと休んだ。

「石が立ってるはずだがな」と小僧が言った。

なるほど八寸角の石が腰ほどの高さに立っている。表には左日《ひ》が窪《くぼ》*、右堀田原《ほったはら》*とある。闇だのに赤い字が明らかに見えた。赤い字は井守《いもり》の腹のような色であった。

「左が好《い》いだろう」と小僧が命令した。左を見ると最先《さっき》の森が闇の影を、高い空から自分らの頭の上へ抛《な》げかけていた。自分はちょっと躊躇《ちゅうちょ》した。

「遠慮しないでもいい」と小僧がまた言った。自分は仕方なしに森の方へ歩きだした。腹の中では、よく盲目のくせになんでも知ってるなと考えながら一筋道を森へ近づいてくると、背中で、「どうも盲目は不自由で不可《いけな》いね」と言った。

「だから負ってやるから可《い》いじゃないか」

「負ってもらって済まないが、どうも人に馬鹿《ばか》にされて不可い。親にまで馬鹿にされるから不可い」

なんだか厭《いや》になった。早く森へ行って捨ててしまおうと思って急いだ。

「もう少し行くと解《わか》る。——ちょうどこんな晩だったな」と背中で独言《ひとりごと》のようにいっている。

「なにが」と際《きわ》どい声を出して聞いた。

「なにがって、知ってるじゃないか」と子供は嘲《あざけ》るように答えた。するとなんだか知ってるような気がしだした。けれどもはっきりとは分《わか》らない。ただこんな晩であったように思える。そうしてもう少しいけば分るように思える。分ってはたいへんだから、分らないうちに早く捨ててしまって、安心しなくってはならないように思える。自分はますます足を早めた。

雨は最先から降っている。路《みち》はだんだん暗くなる。ほとんど夢中である。ただ背中に小さい小僧が食っ付いていて、その小僧が自分の過去、現在、未来をことごとく照らして、寸分の事実も洩《も》らさない鏡のように光っている。しかもそれが自分の子である。そうして盲目である。自分は堪《たま》らなくなった。

「ここだ、ここだ。ちょうどその杉《すぎ》の根のところだ」

雨のなかで小僧の声ははっきり聞こえた。自分は覚えず留まった。いつしか森の中へはいっていた。一間ばかり先にある黒いものはたしかに小僧の言うとおり杉の木と見えた。

「お父さん、その杉の根のところだったね」

「うん、そうだ」と思わず答えてしまった。

「文化五年辰年《たつどし》だろう」

なるほど文化五年辰年らしく思われた。

「お前がおれを殺したのは今からちょうど百年まえだね」

自分はこの言葉を聞くやいなや、今から百年まえ文化五年の辰年のこんな闇の晩に、この杉の根で、一人《ひとり》の盲目を殺したという自覚が、忽然《こつぜん》として頭の中に起こった。おれは人殺しであったんだなとはじめて気が付いたとたんに、背中の子が急に石地蔵のように重くなった。

第四夜

広い土間の真中《まんなか》に涼み台のようなものを据《す》えて、その周囲《まわり》に小さい床几《しょうぎ》が並べてある。台は黒光りに光っている。片隅《かたすみ》には四角な膳《ぜん》を前に置いて爺《じい》さんが一人《ひとり》で酒を飲んでいる。肴《さかな》は煮しめらしい。

爺さんは酒の加減でなかなか赤くなっている。そのうえ顔中つやつやして皺《しわ》というほどのものはどこにも見当たらない。ただ白い髯《ひげ》をありたけ生《は》やしているから年寄りということだけは別《わか》る。自分は子供ながら、この爺さんの年は幾何《いくつ》なんだろうと思った。ところへ裏の筧《かけい》から手桶《ておけ》に水を汲《く》んできた神《かみ》さんが、前垂《まえだ》れで手を拭《ふ》きながら、

「お爺さんは幾年《いくつ》かね」と聞いた。爺さんは頰張《ほおば》った煮〆《にしめ》を吞《の》み込んで、

「幾年か忘れたよ」と澄ましていた。神さんは拭いた手を、細い帯の間に挟《はさ》んで横から爺さんの顔を見て立っていた。爺さんは茶碗《ちゃわん》のような大きな

もので酒をぐいと飲んで、そうして、ふうと長い息を白い髯の間から吹き出した。すると神さんが、

「お爺さんの家《うち》はどこかね」と聞いた。爺さんは長い息を途中で切って、

「臍《へそ》の奥だよ」と言った。神さんは手を細い帯の間に突っ込んだまま、

「どこへ行くかね」とまた聞いた。すると爺さんが、また茶碗のような大きなもので熱い酒をぐいと飲んでまえのような息をふうと吹いて、

「あっちへ行くよ」と言った。

「まっすぐかい」と神さんが聞いた時、ふうと吹いた息が、障子を通り越して柳の下を抜けて、河原《かわら》の方へまっすぐに行った。

爺さんが表へ出た。自分もあとから出た。爺さんの腰に小さい瓢簞《ひょうたん》がぶら下がっている。肩から四角な箱を腋《わき》の下へ釣《つ》るしている。浅黄の股引《ももひき》を穿《は》いて、浅黄の袖無《そでな》しを着ている。足袋《たび》だけが黄色い。なんだか皮で作った足袋のように見えた。

爺さんがまっすぐに柳の下まで来た。柳の下に子供が三、四人いた。爺

さんは笑いながら腰から浅黄の手拭《てぬぐい》を出した。それを肝心綯《かんじよ》り*のように細長く綯《よ》った。そうして地面《じびた》の真中《まんなか》に置いた。それから手拭の周囲《まわり》に、大きな丸い輪を描《か》いた。しまいに肩にかけた箱の中から真鍮《しんちゅう》で製《こしら》えた飴屋《あめや》の笛を出した。

「今にその手拭が蛇《へび》になるから、見ておろう。見ておろう」と繰り返して言った。

子供は一生懸命に手拭を見ていた。自分も見ていた。

「見ておろう、見ておろう、好《よ》いか」と言いながら爺さんが笛を吹いて、輪の上をぐるぐる回りだした。自分は手拭ばかり見ていた。けれども手拭はいっこう動かなかった。

爺さんは笛をぴいぴい吹いた。そうして輪の上を何遍も回った。草鞋《わらじ》を爪立《つまだ》てるように、抜き足をするように、手拭に遠慮をするように、回った。怖《こわ》そうにも見えた。面白《おもしろ》そうにもあった。

やがて爺さんは笛をぴたりと已《や》めた。そうして、肩に掛けた箱の口を開《あ》けて、手拭の首を、ちょいと撮《つま》んで、ぽっと放り込んだ。

「こうしておくと、箱の中で蛇になる。今に見せてやる。今に見せてやる」と言いながら、爺さんがまっすぐに歩きだした。柳の下を抜けて、細い路《みち》をまっすぐに下《お》りていった。自分は蛇が見たいから、細い道をどこまでも追《つ》いていった。爺さんは時々「今になる」と言ったり、「蛇になる」と言ったりして歩いてゆく。しまいには、

「今になる、蛇になる、
きっとなる、笛が鳴る」

と唄《うた》いながら、とうとう河《かわ》の岸へ出た。橋も舟もないから、ここで休んで箱の中の蛇を見せるだろうと思っていると、爺さんはざぶざぶ河の中へはいりだした。はじめは膝《ひざ》ぐらいの深さであったが、だんだん腰から、胸のほうまで水に浸《つか》って見えなくなる。それでも爺さんは

「深くなる、夜になる、
　まっすぐになる」

と唄いながら、どこまでもまっすぐに歩いていった。そうして髯も顔も頭も頭巾《ずきん》もまるで見えなくなってしまった。

自分は爺さんが向こう岸へ上がった時に、蛇を見せるだろうと思って、蘆《あし》の鳴るところに立って、たった一人いつまでも待っていた。けれども爺さんは、とうとう上がってこなかった。

第五夜

こんな夢を見た。

なんでもよほど古いことで、神代《かみよ》に近い昔と思われるが、自分が軍《いくさ》をして運悪く敗北《まけ》たために、生擒《いけど》りになって、敵の大将の前に引き据《す》えられた。

そのころの人はみんな背が高かった。そうして、みんな長い髯《ひげ》を生《は》やしていた。革《かわ》の帯を締めて、それへ棒のような剣《つるぎ》を釣《つ》るしていた。弓は藤蔓《ふじづる》の太いのをそのまま用いたように見えた。漆も塗ってなければ磨《みが》きも掛けてない。きわめて素樸《そぼく》なものであった。

敵の大将は、弓の真中《まんなか》を右の手で握って、その弓を草の上へ突いて、酒甕《さかがめ》を伏せたようなものの上に腰を掛けていた。その顔を見ると、鼻の上で、左右の眉《まゆ》が太く接続《つなが》っている。そのころ髪剃《かみそ》り*というものはむろんなかった。

自分は虜《とりこ》だから、腰を掛けるわけにゆかない。草の上に胡坐《あぐら》をかいていた。足には大きな藁沓《わらぐつ》を穿《は》いていた。この時代の藁沓は深いものであった。立つと膝頭《ひざがしら》まで来た。その端のところは藁を少し編み残して、房《ふさ》のように下げて、歩くとばらばら動くようにして、飾りとしていた。

大将は篝火《かがりび》で自分の顔を見て、死ぬか生きるかと聞いた。これはそのころの習慣で、捕虜《とりこ》にはだれでも一応はこう聞いたものである。生きると答えると降参した意味で、死ぬというと屈服しないということになる。自分は一言《ひとこと》死ぬと答えた。大将は草の上に突いていた弓を向こうへ抛《な》げて、腰に釣るした棒のような剣をするりと抜き掛けた。それへ風に靡《なび》いた篝火が横から吹きつけた。自分は右の手を楓《かえで》のように開いて、掌《たなごころ》を大将の方へ向けて、目の上へ差し上げた。待てという相図《あいず》である。大将は太い剣をかちゃりと鞘《さや》に収めた。

そのころでも恋はあった。自分は死ぬまえに一目思う女に逢《あ》いたいと言った。大将は夜が明けて鶏《とり》が鳴くまでなら待つと言った。鶏が鳴くまでに女をここへ呼ばなければならない。鶏が鳴いても女が来なければ、自分は逢わずに殺されてしまう。

大将は腰を掛けたまま、篝火を眺《なが》めている。自分は大きな藁沓を組み合わしたまま、草の上で女を待っている。夜はだんだん更《ふ》ける。

時々篝火が崩《くず》れる音がする。崩れるたびに狼狽《うろた》えたように炎が大将になだれかかる。真黒《まっくろ》な眉の下で、大将の目がぴかぴかと光っている。すると誰《たれ》やら来て、新しい枝をたくさん火の中へ抛げ込んでゆく。しばらくすると、火がぱちぱちと鳴る。暗闇《くらやみ》を弾《はじ》き返すような勇ましい音であった。

この時女は、裏の楢《なら》の木に繋《つな》いである、白い馬を引き出した。鬣《たてがみ》を三度撫《な》でて高い背にひらりと飛び乗った。鞍《くら》もない鐙《あぶみ》もない裸馬であった。長く白い足で、太腹《ふとばら》を蹴《け》ると、馬はいっさんに駆け出した。誰《だれ》かが篝火を継ぎたしたので、遠くの空が薄明るく見える。馬はこの明るいものを目懸《めが》けて闇《やみ》のなかを飛んでくる。鼻から火の柱のような息を二本出して飛んでくる。それでも女は細い足でしきりなしに馬の腹を蹴っている。馬は蹄《ひづめ》の音が宙で鳴るほど早く飛んでくる。女の髪は吹き流しのように闇のなかに尾を曳《ひ》いた。それでもまだ篝のあるところまで来られない。

すると真闇《まっくら》な道の傍《はた》で、たちまちこけこっこうという鶏の声がした。女は身を空様《そらざま》に、*両手に握った手綱《たづな》をうんと控えた。馬は前足の蹄を堅い岩の上にはっしと刻み込んだ。

こけこっこうと鶏《にわとり》がまた一声鳴いた。

女はあっと言って、緊《し》めた手綱を一度に緩《ゆる》めた。馬は諸膝《もろひざ》を折る。乗った人とともに真向《まとも》へ前へのめった。岩の下は深い淵《ふち》であった。

蹄の跡はいまだに岩の上に残っている。鶏《とり》の鳴く真似《まね》をしたものは天探女《あまのじゃく》*である。この蹄の痕《あと》の岩に刻みつけられているあいだ、天探女は自分の敵《かたき》である。

第六夜

運慶*が護国寺*の山門で仁王《におう》を刻んでいるという評判だから、散歩ながら行ってみると、自分よりさきにもうおおぜい集まって、しきりに下馬評《げばひょう》をやっていた。

山門の前五、六間のところには、大きな赤松があって、その幹が斜めに山門の甍《いらか》を隠して、遠い青空まで伸びている。松の緑と朱塗りの門が互いに照《うつ》り合って美事《みごと》に見える。そのうえ松の位地*が好《い》い。門の左の端を眼障《めざわ》りにならないように、斜《はす》に切って行って、上になるほど幅を広く屋根まで突き出しているのがなんとなく古風である。鎌倉《かまくら》時代とも思われる。ところが見ているものは、みんな自分と同じく、明治の人間である。そのうちでも車夫がいちばん多い。辻待《つじま》ち*をして退屈だから立っているに相違ない。

「大きなもんだなあ」と言っている。

「人間を拵《こしら》えるよりもよっぽど骨が折れるだろう」とも言っている。

そうかと思うと、「へえ仁王だね。今でも仁王を彫るのかね。へえそうかね。私《わっし》ゃまた仁王はみんな古いのばかりかと思ってた」と言った男がある。

「どうも強そうですね。なんだってえますぜ。昔から誰《だれ》が強いって、仁王ほど強い人あないって言いますぜ。なんでも日本武尊《やまとたけるのみこと》*よりも強いんだってえからね」と話しかけた男もある。この男は尻《しり》を端折《はしょ》って、帽子を被《かぶ》らずにいた。よほど無教育な男とみえる。

運慶は見物人の評判には委細頓着《とんじゃく》なく鑿《のみ》と槌《つち》を動かしている。いっこう振り向きもしない。高い所に乗って、仁王の顔の辺《あたり》をしきりに彫り抜いてゆく。

運慶は頭に小さい烏帽子《えぼし》のようなものを乗せて、素袍《すおう》*だかなんだか別《わか》らない大きな袖《そで》を背中で括《くく》っている。その様子がいかにも古くさい。わいわい言ってる見物人とはまるで釣り合いがとれないようである。自分はどうして今時分まで運慶が生きているのかなと思った。どうも不思議なことがあるものだと考えながら、やはり立って見ていた。

しかし運慶のほうでは不思議とも奇体《きたい》ともとんと感じ得ない様子で一生懸命に彫っている。仰向《あおむ》いてこの態度を眺《なが》めていた一人《ひとり》の若い男が、自分の方を振り向いて、

「さすがは運慶だな。眼中に我々なしだ。天下の英雄はただ仁王と我とあるのみという態度だ。天晴《あっぱ》れだ」と言って賞《ほ》めだした。

自分はこの言葉を面白《おもしろ》いと思った。そこでちょっと若い男の方を見ると、若い男は、すかさず、

「あの鑿と槌の使い方を見たまえ、大自在*の妙境に達している」と言った。

運慶は今太い眉《まゆ》を一寸の高さに横へ彫り抜いて、鑿の歯を竪《たて》に返すやいなや斜《は》すに、上から槌を打ち下《おろ》した。堅い木を一と刻みに削って、厚い木《き》屑《くず》が槌の声に応じて飛んだと思ったら、小鼻のおっ開《ぴら》いた怒り鼻の側面がたちまち浮き上がってきた。その刀《とう》の入れ方がいかにも無遠慮であった。そうして少しも疑念を挟《さしはさ》んでおらんように見えた。

「よくああ無造作に鑿を使って、思うような眉《まみえ》や鼻ができるものだな」と自分はあんまり感心したから独言《ひとりごと》のように言った。するとさっきの若い男が、

「なに、あれは眉や鼻を鑿で作るんじゃない。あのとおりの眉や鼻が木の中に埋まっているのを、鑿と槌の力で掘り出すまでだ。まるで土の中から石を掘り出すようなものだから決して間違うはずはない」と言った。

自分はこの時はじめて彫刻とはそんなものかと思いだした。はたしてそうなら誰にでもできることだとおもいだした。それで急に自分も仁王が彫ってみたくなったから見物をやめてさっそく家《うち》へ帰った。

道具箱から鑿と金槌《かなづち》を持ち出して、裏へ出てみると、先だっての暴風《あらし》で倒れた樫《かし》を、薪《まき》にするつもりで、木挽《こび》きに挽《ひ》かせた手頃《てごろ》な奴《やつ》が、たくさん積んであった。

自分はいちばん大きいのを選んで、勢いよく彫りはじめてみたが、不幸にして、仁王は見当たらなかった。その次のにも運悪く掘り当てることができなかった。三番目のにも仁王はいなかった。自分は積んである薪を片っ端から彫ってみたが、どれもこれも仁王を蔵《かく》しているのはなかった。ついに明治の木にはとうてい仁王は埋まっていないものだと悟った。それで運慶が今日《きょう》まで生きている理由もほぼ解《わか》った。

第七夜

なんでも大きな船に乗っている。

この船が毎日毎夜すこしの絶え間なく黒い煙《けぶり》を吐いて浪《なみ》を切って進んでゆく。凄《すさま》じい音である。けれどもどこへ行くんだか分《わか》らない。ただ波の底から焼け火箸《ひばし》のような太陽が出る。それが高い帆柱の真上まで来てしばらく挂《かか》っているかと思うと、いつのまにか大きな船を追い越して、先へ行ってしまう。そうして、しまいには焼け火箸のようにじゅっといってまた波の底に沈んでゆく。そのたんびに蒼《あお》い波が遠くの向こうで、蘇枋《すおう》の色に沸*き返る。すると船は凄じい音を立ててその跡を追っ掛けてゆく。けれども決して追っ付かない。

ある時自分は、船の男を捕《つらま》えて聞いてみた。

「この船は西へ行くんですか」

船の男は怪訝《けげん》な顔をして、しばらく自分を見ていたが、やがて、

「なぜ」と問い返した。

「落ちてゆく日を追っ懸けるようだから」

船の男はからからと笑った。そうして向こうの方へ行ってしまった。

「西へ行く日の、果ては東か。それは本真《ほんま》*か。東出る日の、お里は西か。それも本真か。身は波の上。檝枕《かじまくら》*。流せ流せ」と囃《はや》している。舳《へさき》へ行ってみたら、水夫がおおぜい寄って、太い帆綱を手繰《たぐ》っていた。

自分はたいへん心細くなった。いつ陸《おか》へ上がれることか分《わか》らない。そうしてどこへ行くのだか知れない。ただ黒い煙を吐いて波を切ってゆくことだけはたしかである。その波はすこぶる広いものであった。際限もなく蒼く見える。時には紫にもなった。ただ船の動く周囲《まわり》だけはいつでも真白《まっしろ》に泡《あわ》を吹いていた。自分はたいへん心細かった。こんな船にいるよりいっそ身を投げて死んでしまおうかと思った。

乗合はたくさんいた。たいていは異人のようであった。しかしいろいろ

な顔をしていた。空が曇って船が揺れた時、一人《ひとり》の女が欄《てすり》に倚《よ》りかかって、しきりに泣いていた。目を拭《ふ》く半巾《ハンケチ》の色が白く見えた。しかし身体《からだ》には更紗《さらさ》のような洋服を着ていた。この女を見た時に、悲しいのは自分ばかりではないのだと気が付いた。

ある晩甲板の上に出て、一人で星を眺《なが》めていたら、一人の異人が来て、天文学を知ってるかと尋ねた。自分は詰《つま》らないから死のうとさえ思っている。天文学などを知る必要がない。黙っていた。するとその異人が金牛宮《きんぎゅうきゅう》*の頂にある七星《しちせい》*の話をして聞かせた。そうして星も海もみんな神の作ったものだと言った。最後に自分に神を信仰するかと尋ねた。自分は空を見て黙っていた。

ある時サローンにはいったら派手《はで》な衣装を着た若い女が向こうむきになって、洋琴《ピアノ》を弾《ひ》いていた。その傍《そば》に背《せい》の高い立派《りっぱ》な男が立って、唱歌を唄《うた》っている。その口がたいへん大きく見えた。けれども二人《ふたり》は二人以外のことにはまるで頓着《とんじゃく》していない様子であった。船に乗っていることさえ忘れているようであった。

　自分はますます詰まらなくなった。とうとう死ぬことに決心した。それである晩、あたりに人のいない時分、思い切って海の中へ飛び込んだ。ところが——自分の足が甲板を離れて、船と縁が切れたその刹那《せつな》に、急に命が惜しくなった。心の底からよせばよかったと思った。けれども、もう遅《おそ》い。自分は厭《いや》でも応でも海の中へはいらなければならない。ただたいへん高くできていた船とみえて、身体は船を離れたけれども、足は容易に水に着かない。しかし捕《つかま》えるものがないから、しだいしだいに水に近付いてくる。いくら足を縮めても近付いてくる。水の色は黒かった。

　そのうち船は例のとおり黒い煙を吐いて、通り過ぎてしまった。自分はどこへ行くんだか判《わか》らない船でも、やっぱり乗っているほうがよかったと始めて悟りながら、しかもその悟りを利用することができずに、無限の後悔と恐怖とを抱《いだ》いて黒い波の方へ静かに落ちて行った。

第八夜

床屋の敷居を跨《また》いだら、白い着物を着てかたまっていた三、四人が、一度に入らっしゃいと言った。

真中《まんなか》に立って見回すと、四角な部屋《へや》である。窓が二方に開《あ》いて、残る二方に鏡が懸《かか》っている。鏡の数を勘定したら六つあった。

自分はその一つの前へ来て腰を卸した。するとお尻《しり》がぶくりと言った。よほど坐《すわ》り心地《ごこち》が好《よ》くできた椅子《いす》である。鏡には自分の顔が立派《りっぱ》に映った。顔の後ろには窓が見えた。それから帳場格子《ちょうばごうし》*が斜《はす》に見えた。格子の中には人がいなかった。窓の外を通る往来の人の腰から上がよく見えた。

庄太郎《しょうたろう》が女を連れて通る。庄太郎はいつのまにかパナマの帽子を買って被《かぶ》っている。女もいつのまに拵《こしら》えたものやら。ちょっと解《わか》らない。双方とも得意のようであった。よく女の顔を見ようと思ううちに通り過ぎてしまった。

豆腐屋が喇叭《らっぱ》を吹いて通った。喇叭を口へ宛《あて》がっているんで、頬《ほっ》ぺたが蜂《はち》に螫《さ》されたように膨《ふく》れていた。膨れたまんまで通り越したものだから、気掛かりで堪《たま》らない。生涯蜂に螫されているように思う。

芸者が出た。まだお化粧《つくり》をしていない。島田の根が緩《ゆる》んで、なんだか頭に締りがない。顔も寝ぼけている。色沢《いろつや》が気の毒なほど悪い。それでお辞儀をして、どうもなんとかですと言ったが、相手はどうしても鏡の中へ出てこない。

すると白い着物を着た大きな男が、自分の後ろへ来て、鋏《はさみ》と櫛《くし》を持って自分の頭を眺《なが》めだした。自分は薄い髭《ひげ》を捩《ひね》って、どうだろうものになるだろうかと尋ねた。白い男は、なにも言わずに、手に持った琥珀色《こはくいろ》の櫛で軽く自分の頭を叩《たた》いた。

「さあ、頭もだが、どうだろう、ものになるだろうか」と自分は白い男に聞いた。白い男はやはりなにも答えずに、ちゃきちゃきと鋏を鳴らしはじめた。

鏡に映る影を一つ残らず見るつもりで目を睜《みは》っていたが、鋏の鳴るたんびに黒い毛が飛んでくるので、恐ろしくなって、やがて目を閉じた。すると白い男が、こう言った。

「旦那《だんな》は表の金魚売りを御覧なすったか」

自分は見ないと言った。白い男はそれぎりで、しきりと鋏を鳴らしていた。すると突然大きな声で危険《あぶねえ》と言ったものがある。はっと目を開《あ》けると、白い男の袖《そで》の下に自転車の輪が見えた。人力の梶棒《かじぼう》が見えた。と思うと、白い男が両手で自分の頭を押えてうんと横へ向けた。自転車と人力車はまるで見えなくなった。鋏の音がちゃきちゃきする。

やがて、白い男は自分の横へ回って、耳のところを刈りはじめた。毛が前の方へ飛ばなくなったから、安心して目を開けた。粟餅《あわもち》や、餅やあ、餅や、という声がすぐ、そこでする。小さい杵《きね》をわざと臼《うす》へ中《あ》てて、拍子を取って餅を搗《つ》いている。粟餅屋は子供の時に見たばかりだから、ちょっと様子が見たい。けれども粟餅屋は決して鏡の中に出てこない。ただ餅を搗く音だけする。

自分はあるたけの視力で鏡の角《かど》を覗《のぞ》き込むようにして見た。すると帳場格子のうちに、いつのまにか一人《ひとり》の女が坐《すわ》っている。色の浅黒い眉毛《まみえ》の濃い大柄な女で、髪を銀杏返《いちょうがえ》しに結って、黒繻子《くろじゅす》の半襟《はんえり》の掛かった素袷《すあわせ》*で、立て膝《ひざ》のまま、札《さつ》の勘定をしている。札は十円札らしい。女は長い睫《まつげ》を伏せて薄い唇《くちびる》を結んで一生懸命に、札の数を読んでいるが、その読み方がいかにも早い。しかも札の数はどこまで行っても尽きる様子がない。膝の上に乗っているのは高々百枚ぐらいだが、その百枚がいつまで勘定しても百枚である。

自分は茫然《ぼうぜん》としてこの女の顔と十円札を見詰めていた。すると耳の元で白い男が大きな声で「洗いましょう」と言った。ちょうどうまいおりだから、椅子から立ち上がるやいなや、帳場格子の方を振り返って見た。けれども格子のうちには女も札もなんにも見えなかった。

代を払って表へ出ると、門口の左側に、小判なりの桶《おけ》*が五つばかり並べてあって、その中に赤い金魚や、斑《ふ》入《い》りの金魚や、痩《や》せた金魚や、肥《ふと》った金魚がたくさん入れてあった。そうして金魚売りがその後ろにいた。金魚売りは自分の前に並べた金魚を見詰めたまま、頬杖《ほおづえ》を突いて、じっとしている。騒がしい往来の活動にはほとんど心を留めていない。自分はしばらく立ってこの金魚売りを眺めていた。けれども自分が眺めているあいだ、金魚売りはちっとも動かなかった。

第九夜

世の中がなんとなくざわつきはじめた。今にも戦争《いくさ》が起こりそうにみえる。焼け出された裸馬《はだかうま》が、夜昼となく、屋敷の周囲《まわり》を暴《あ》れ回ると、それを夜昼となく足軽《あしがる》どもが犇《ひしめ》きながら追っ掛けているような心持ちがする。それでいて家のうちは森《しん》として静かである。

家には若い母と三つになる子供がいる。父はどこかへ行った。父がどこかへ行ったのは、月の出ていない夜中であった。床の上で草鞋《わらじ》を穿《は》いて、黒い頭巾《ずきん》を被《かぶ》って、勝手口から出て行った。その時母の持っていた雪洞《ぼんぼり》の灯《ひ》が暗い闇《やみ》に細長く射《さ》して、生垣《いけがき》の手前にある古い檜《ひのき》を照らした。

父はそれきり帰ってこなかった。母は毎日三つになる子供に「お父様《とうさま》は」と聞いている。子供はなんとも言わなかった。しばらくしてから「あっち」と答えるようになった。母が「いつお帰り」と聞いてもやはり「あっち」と答えて笑っていた。その時は母も笑った。そうして「いまにお帰り」という言葉を何遍となく繰り返して教えた。けれども子供は「いまに」だけを覚えたのみである。時々は「お父様はどこ」と聞かれて「いまに」と答えることもあった。

夜になって、四隣《あたり》が静まると、母は帯を締め直して、鮫鞘《さめざや》*の短刀を帯の間へ差して、子供を細帯で背中へ背負《しょ》って、そっと潜《くぐ》りから出て行く。母はいつでも草履《ぞうり》を穿《は》いていた。子供はこの草履の音を聞きながら母の背中で寝てしまうこともあった。

土塀《つちべい》の続いている屋敷町を西へ下って、だらだら坂を降り尽くすと、大きな銀杏《いちょう》がある。この銀杏を目標《めじるし》に右へ切れると、一丁ばかり奥に石の鳥居がある。片側は田圃《たんぼ》で、片側は熊笹《くまざさ》ばかりの中を鳥居まで来て、それを潜り抜けると、暗い杉《すぎ》の木立になる。それから二十間ばかり敷石伝いに突き当たると、古い拝殿の階段の下に出る。鼠色《ねずみいろ》に洗い出された賽銭箱《さいせんばこ》の上に、大きな鈴の紐《ひも》がぶら下がって、昼間見るとその鈴の傍《そば》に八幡宮《はちまんぐう》という額が懸《かか》っている。八の字が、鳩《はと》が二羽向かいあったような書体にできているのが面白《おもしろ》い。そのほかにもいろいろの額がある。たいていは家中《かちゅう》のものの射抜いた金的《きんてき》*を、射抜いたものの名前に添えたのが多い。たまには太刀《たち》を納めたのもある。

鳥居を潜ると杉の梢《こずえ》でいつでも梟《ふくろう》が鳴いている。そうして、冷飯草履《ひやめしぞうり》の音がぴちゃぴちゃする。それが拝殿の前で已《や》むと母はまず鈴を鳴らしておいて、すぐにしゃがんで柏手《かしわで》を打つ。たいていはこの時梟が急に鳴かなくなる。それから母は一心不乱に夫の無事を祈る。母の考えでは夫が侍であるから、弓矢の神の八幡へ、こうやって是非ない願を掛けたら、よもや聴かれぬ道理はなかろうと一図に思い詰めている。

子供はよくこの鈴の音で目を覚《さ》まして、四辺《あたり》を見ると真暗《まっくら》だものだから、急に背中で泣きだすことがある。その時母は口の内でなにか祈りながら、背を振ってあやそうとする。すると旨《うま》く泣き已むこともある。またますます烈《はげ》しく泣き立てることもある。いずれにしても母は容易に立たない。

一とおり夫の身の上を祈ってしまうと、今度は細帯を解いて、背中の子を摺《ず》り卸すように、背中から前へ回して、両手に抱きながら拝殿を上っていって、「好《い》い子だから、少しの間《ま》、待ってお出《い》でよ」ときっと自分の頰《ほお》を子供の頰へ擦《す》り付ける。そうして細帯を長くして、子供を縛っておいて、その片端を拝殿の欄干《らんかん》に括《くく》り付ける。それから段々を下りて来て二十間の敷石を往《い》ったり来たりお百度を踏む。

拝殿に括りつけられた子は、暗闇《くらやみ》の中で、細帯の丈《たけ》のゆるすかぎり、広縁の上を這《は》い回っている。そういう時は母にとって、はなはだ楽な夜である。けれども縛った子にひいひい泣かれると、母は気が気でない。お百度の足が非常に早くなる。たいへん息が切れる。仕方のない時は、中途で拝殿へ上がってきて、いろいろすかしておいて、またお百度を踏み直すこともある。

こういうふうに、幾晩となく母が気を揉《も》んで、夜の目も寝ずに心配していた父は、とくの昔に浪士のために殺されていたのである。

こんな悲しい話を、夢の中で母から聞いた。

第十夜

庄太郎《しょうたろう》が女に攫《さらわ》れてから七日目の晩にふらりと帰ってきて、急に熱が出てどっと、床に就《つ》いていると言って健さんが知らせに来た。

庄太郎は町内一の好男子で、至極善良な正直者である。ただ一つの道楽がある。パナマの帽子を被《かぶ》って、夕方になると水菓子屋の店先へ腰をかけて、往来の女の顔を眺《なが》めている。そうしてしきりに感心している。そのほかにはこれというほどの特色もない。

あまり女が通らない時は、往来を見ないで水菓子を見ている。水菓子にはいろいろある。水蜜桃《すいみっとう》や、林檎《りんご》や、枇杷《びわ》や、バナナを奇麗に籠《かご》に盛って、すぐ見舞物《みやげもの》＊に持ってゆけるように二列に並べてある。庄太郎はこの籠を見ては奇麗だと言っている。商売をするなら水菓子屋に限ると言っている。そのくせ自分はパナマの帽子を被ってぶらぶら遊んでいる。

この色がいいといって、夏蜜柑《なつみかん》などを品評することもある。けれども、かつて銭を出して水菓子を買ったことがない。只《ただ》ではむろん食わない。色ばかり賞《ほ》めている。

ある夕方一人《ひとり》の女が、不意に店先に立った。身分のある人と見えて立派《りっぱ》な服装をしている。その着物の色がひどく庄太郎の気に入った。そのうえ庄太郎はたいへん女の顔に感心してしまった。そこで大事なパナマの帽子を脱《と》って丁寧に挨拶《あいさつ》をしたら、女は籠詰めのいちばん大きいのを指《さ》して、これを下さいというんで、庄太郎はすぐその籠を取って渡した。すると女はそれをちょっと提《さ》げてみて、たいへん重いことと言った。

庄太郎は元来閑人《ひまじん》のうえに、すこぶる気作な男だから、ではお宅まで持ってまいりましょうと言って、女といっしょに水菓子屋を出た。それぎり帰ってこなかった。

いかな庄太郎でも、あんまり呑気《のんき》すぎる。只事じゃなかろうと言って、親類や友達《ともだち》が騒ぎだしていると、七日目の晩になって、ふらりと帰ってきた。そこでおおぜい寄ってたかって、庄さんどこへ行っていたんだいと聞くと、庄太郎は電車へ乗って山へ行ったんだと答えた。

なんでもよほど長い電車に違いない。庄太郎のいうところによると、電車を下《お》りるとすぐと原へ出たそうである。非常に広い原で、どこを見回しても青い草ばかり生《は》えていた。女といっしょに草の上を歩いて行くと、急に切り壁《ぎし》*の天辺《てっぺん》へ出た、その時女が庄太郎に、ここから飛び込んでごらんなさいと言った。底を覗《のぞ》いて見ると、切り岸は見えるが底は見えない。庄太郎はまたパナマの帽子を脱いで再三辞退した。すると女が、もし思い切って飛び込まなければ、豚に舐《な》められますが好《よ》うござんすかと聞いた。庄太郎は豚と雲右衛門《くもえもん》*が大嫌《だいきら》いだった。けれども命には易《か》えられないと思って、やっぱり飛び込むのを見合わせていた。ところへ豚が一匹鼻を鳴らして来た。庄太郎は仕方なしに、持っていた細い檳榔樹《びんろうじゅ》の洋杖《ステッキ》で、豚の鼻頭《はなづら》を打《ぶ》った。豚はぐうと言いながら、ころりと引っ繰り返って、絶壁《きりぎし》の下へ落ちていった。庄太郎はほっと一息接《つ》いでいるとまた一匹の豚が大きな鼻を庄太郎に擦《す》り付けに来た。庄太郎は已《や》むを得ずまた洋杖を振り上げた。豚はぐうと鳴いてまた真逆様《まっさかさま》に穴の底へ転《ころ》げ込んだ。するとまた一匹あらわれた。この時庄太郎はふと気が付いて、向こうを見ると、はるかの青草原の尽きる辺《あたり》から幾万匹か数え切れぬ豚が、群れをなして一直線に、この絶壁の上に立っている庄太郎を見懸《めが》けて*鼻を鳴らしてくる。庄太郎は心《しん》から恐縮した。けれども仕方がないから、近寄ってくる豚の鼻頭を、一つ一つ丁寧に檳榔樹の洋杖で打っていた。不思議なことに洋杖が鼻へ触《さわ》りさえすれば豚はころりと谷の底へ落ちてゆく。覗いて見ると底の見えない絶壁を、逆《さかさ》になった豚が行列して落ちてゆく。自分がこのくらい多くの豚を谷へ落としたかと思うと、庄太郎は我ながら怖《こわ》くなった。けれども豚は続々くる。黒雲に足が生《は》えて、青草を踏み分けるような勢いで無尽蔵に鼻を鳴らしてくる。

庄太郎は必死の勇を振《ふる》って、豚の鼻頭を七日六晩《なのかむばん》叩《たた》いた。けれども、とうとう精根が尽きて、手が蒟蒻《こんにゃく》のように弱って、しまいに豚に舐められてしまった。そうして絶壁の上へ倒れた。

健さんは、庄太郎の話をここまでして、だからあんまり女を見るのは善《よ》くないよと言った。自分ももっともだと思った。けれども健さんは庄太郎のパナマの帽子が貰《もら》いたいと言っていた。

庄太郎は助かるまい。パナマは健さんのものだろう。

（明治四一・七・二五―八・五）

琴のそら音

「珍《めず》らしいね、久しく来なかったじゃないか」と津田君《つだくん》が出すぎた洋燈《ランプ》の穂を細めながら尋ねた。

津田君がこう言った時、余《よ》ははち切れて膝頭《ひざがしら》の出そうなズボンの上で、相馬焼《そうまやき》*の茶碗《ちゃわん》の糸底《いとぞこ》を三本指でぐるぐる回しながら考えた。なるほど珍らしいに相違ない、この正月に顔を合《あわ》せたぎり、花盛りの今日《きょう》まで津田君の下宿を訪問したことはない。

「来《き》よう来《き》*ようと思いながら、つい忙がしいものだから――」

「そりゃあ、忙がしいだろう、なんといっても学校にいたうちとは違うからね、このごろでもやはり午後六時までかい」

「まあたいがいそのくらいさ、家《うち》へ帰って飯を食うとそれなり寝てしまう。勉強どころか湯にもろくろくはいらないくらいだ」と余は茶碗を畳の上へ置いて、卒業が恨めしいという顔をして見せる。

津田君はこの一言に少々同情の念を起したとみえて「なるほど少し瘠《や》せたようだぜ、よほど苦しいのだろう」と言う。気のせいか当人は学士になってから少々肥《ふと》ったように見えるのが癪《しゃく》に障《さわ》る。机の上になんだか面白《おもしろ》そうな本を広げて右の頁《ページ》の上に鉛筆で注が入れてある。こんな閑《ひま》があるかと思うと羨《うらやま》しくもあり、忌々《いまいま》しくもあり、同時にわが身が恨めしくなる。

「君は相変らず勉強で結構だ、その読みかけてある本はなにかね。ノートなどを入れてだいぶ丁寧《ていねい》に調べているじゃないか」

「これか、なにこれは幽霊の本さ」と津田君はすこぶる平気な顔をしている。この忙しい世の中に、流行《はや》りもせぬ幽霊の書物を澄《す》まして愛読するなどというのは、呑気《のんき》を通り越して贅沢《ぜいたく》の沙汰《さた》だと思う。

「僕も気楽に幽霊でも研究してみたいが、――どうも毎日芝《しば》から小石川《こいしかわ》の奥まで帰るのだから研究はおろか、自分が幽霊になりそうなくらいさ、考えると心細くなってしまう」

「そうだったね、つい忘れていた。どうだい新世帯《しんじょたい》の味は。一戸を構えるとおのずから主人らしい心持がするかね」と津田君は幽霊を研究するだけあって心理作用に立ち入った質問をする。

「あんまり主人らしい心持もしないさ。やっぱり下宿のほうが気楽でいいようだ。あれでも万事整頓していたら旦那《だんな》の心持という特別な心持になれるかもしれんが、なにしろ真鍮《しんちゅう》の薬缶《やかん》で湯を沸かしたり、ブリッキの金盥《かなだらい》で顔を洗ってるうちは主人らしくないからな」と実際のところを白状する。

「それでも主人さ。これが俺《おれ》のうちだと思えばなんとなく愉快だろう。所有ということと愛惜ということはたいていの場合において伴なうのが原則だから」と津田君は心理学的に人の心を説明してくれる。学者というものは頼みもせぬことを一々説明してくれるものである。

「俺の家《うち》だと思えばどうかしらんが、てんで俺の家だと思いたくないんだからね。そりゃ名前《なまえ》だけは主人に違いないさ。だから門口《かどぐち》にも僕の名刺だけは張り付けておいたがね。七円五十銭の家賃の主人なんざあ、主人にしたところが見事《みごと》な主人じゃない。主人中の属官なるものだあね。主人になるなら勅任＊主人か少なくとも奏任＊主人にならなくっちゃ愉快はないさ。ただ下宿の時分より面倒《めんどう》が殖《ふ》えるばかりだ」と深くも考えずに浮気《うわき》の不平だけを発表して相手の気色《けしき》を窺《うかが》う。向《むこ》うが少しでも同意したら、すぐ不平の後陣《ごじん》を繰《く》り出すつもりである。

「なるほど真理はその辺にあるかもしれん。下宿を続けている僕と、新たに一戸を構えた君とはおのずから立脚地が違うからな」と言語はすこぶるむずかしいがとにかく余の説に賛成だけはしてくれる。この模様ならもう少し不平を陳列しても差《さ》し支《つかえ》はない。

「まずうちへ帰ると婆《ばあ》さんが横綴《よこと》じの帳面を持って僕の前へ出てくる。今日はお味噌《みそ》を三銭、大根を二本、鶉豆《うずらまめ》を一銭五厘買いましたと精密なる報告をするんだね。厄介極《やっかいきわ》まるのさ」

「厄介極まるなら廃《よ》せばいいじゃないか」と津田君は下宿人だけあって無《む》雑作《ぞうさ》なことを言う。

「僕は廃してもいいが婆さんが承知しないから困る。そんなことはいちいち聞かないでもいいから好加減《いいかげん》にしてくれと言うと、どう致《いた》しまして、奥様の入らっしゃらないお家で、お台所《だいどころ》を預かっております以上は一銭一厘でも間違《まちが》いがあってはなりません、てって頑《がん》として主人の言うことを聞かないんだからね」

「それじゃあ、ただうんうん言って聞いてる振《ふり》をしていりゃ宜《よ》かろう」津田君は外部の刺激のいかんに関せず心は自由に働きうると考えているらしい。心理学者にも似合《にあわ》しからぬことだ。

「しかしそれだけじゃないのだからな。精細なる会計報告が済《す》むと、今度は翌日《あす》のお菜《かず》について綿密なる指揮を仰ぐのだから弱る」

「見計らって調理《こしら》えろと言えば好《い》いじゃないか」

「ところが当人見計うだけに、お菜に関して明瞭《めいりょう》なる観念がないのだから仕方《しかた》がない」

「それじゃ君が言い付けるさ。お菜のプログラムぐらいわけないじゃないか」

「それが容易《たやす》くできるくらいなら苦にゃならないさ。僕だってお菜上《かずじょう》の知識はすこぶる乏しいやね。明日《あした》のおみおつけの実《み》はなんに致《いた》しましょうとくると、最初から即答はできない男なんだから……」

「なんだいおみおつけというのは」

「味噌汁《みそしる》のことさ。東京の婆さんだから、東京流におみおつけというのだ。まずその汁の実をなんに致しましょうと聞かれると、実になりうべきものを秩序正しく並べたうえで選択をしなければならんだろう。いちいち考え出すのが第一の困難で、考え出した品物について取捨をするのが第二の困難だ」

「そんな困難をして飯を食ってるのは情ないわけだ、君が特別に数奇《すき》*なものがないから困難なんだよ。二個以上の物体を同等の程度で好悪《こうお》するときは決断力のうえに遅鈍なる影響を与えるのが原則だ」とまた分《わか》り切ったことをわざわざむずかしくしてしまう。

「味噌汁の実まで相談するかと思うと、妙なところへ干渉するよ」

「へえ、やはり食物上にかね」

「うん、毎朝梅干に白砂糖を懸《か》けてきてぜひ一つ食えッていうんだがね。これを食わないと婆さんすこぶる御機嫌《ごきげん》が悪いのさ」

「食えばどうかするのかい」

「なんでも厄病除《やくびょうよけ》のまじないだそうだ。そうして婆さんの理由が面白い。日本中《にほんじゅう》どこの宿屋へ泊っても朝、梅干を出さない所はない。まじないが利《き》かなければ、こんなに一般の習慣となるわけがないと言って得意に梅干を食わせるんだからな」

「なるほどそれは一理あるよ、すべての習慣は皆相応の功力《くりき》*があるので維持せらるるのだから、梅干だって一概に馬鹿《ばか》にはできないさ」

「なんて君まで婆さんの肩を持ったひにゃ、僕はいよいよ主人らしからざる心持に成ってしまわあ」と飲みさしの巻煙草《まきたばこ》を火鉢《ひばち》の灰の中へ擲《たた》き込む。燃え残りのマッチの散るなかに、白いものがさと動いて斜めに一の字ができる。

「とにかく旧弊な婆さんだな」

「旧弊はとくに卒業して迷信婆々《ばばあ》さ。なんでも月に二三返《べん》は伝通院《でんずういん》辺のなんとかいう坊主*のところへ相談に行《ゆ》く様子だ」

「親類に坊主でもあるのかい」

「なに坊主が小遣取《こづかいと》りに占いをやるんだがね。その坊主がまたよけいなことばかり言うもんだから始末にいかないのさ。現に僕が家《うち》を持つ時なども鬼門《きもん》*だとか八方塞《はっぽうふさ》が*りだとか言って大いに弱らしたもんだ」

「だって家を持ってからその婆さんを雇ったんだろう」

「雇ったのは引き越す時だが約束はまえからしておいたのだからね。実はあの婆々も四谷《よつや》の宇野《うの》の世話で、これなら大丈夫《だいじょうぶ》だ独《ひと》りで留守をさせても心配はないと母が言うから極《き》めたわけさ」

「それなら君の未来の妻君の御母《おっか》さんのお眼鏡《めがね》で人撰《にんせん》に預った婆さんだからたしかなもんだろう」

「人間はたしかに相違ないが迷信には驚いた。なんでも引き越すという三日まえに例の坊主のところへ行って見てもらったんだそうだ。すると坊主が今本郷《ほんごう》から小石川の方へ向いて動くのははなはだよくない、きっと家内に不幸があると言ったんだがね。——よけいなことじゃないか、なにも坊主のくせにそんな知ったふうな妄言《もうごん》を吐かんでものことだあね」

「しかしそれが商売だからしようがない」

「商売なら勘弁してやるから、金だけ貰《もら》って当《あた》り障《さわ》りのないことを喋舌《しゃべ》るがいいや」

「そう怒《おこ》っても僕の咎《とが》じゃないんだから埒《らち》はあかんよ」

「そのうえ若い女に祟《たた》るとお負《ま》けを付加《つけた》したんだ。さあ婆さん驚くまいことか、僕のうちに若い女があるとすれば近いうち貰うはずの宇野の娘に相違ないと自分で見解を下して独りで心配しているのさ」

「だって、まだ君のところへは来んのだろう」

「来んうちから心配をするから取越苦労《とりこしくろう》さ」

「なんだか洒落《しゃれ》か真面目《まじめ》か分らなくなってきたぜ」

「まるでお話にもなにもなりゃしない。ところで近ごろ僕の家の近辺で野《の》良《ら》犬《いぬ》が遠吠《とおぼえ》をやりだしたんだ。……」

「犬の遠吠と婆さんとはなにか関係があるのかい。僕には連想さえ浮ばんが」と津田君はいかに得意の心理学でもこれは説明が出来悪《できにく》いとちょっと眉《まゆ》を寄せる。余はわざと落ち付き払ってお茶を一杯と言う。相馬焼《そうまやき》の茶碗は安くて俗なものである。もとは貧乏士族が内職に焼いたとさえ伝聞している。津田君が三十匁《め》*の出殻《でがら》をなみなみこの安茶碗についでくれた時余はなんとなく厭《いや》な心持がして飲む気がしなくなった。茶碗の底を見ると狩野《かのう》法眼元信流《ほうげんもとのぶりゅう》の馬《うま》*が勢《いきおい》よく跳《は》ねている。安いに似合わず活発な馬だと感心はしたが、馬に感心したからといって飲みたくない茶を飲む義理もあるまいと思って茶碗は手に取らなかった。

「さあ飲みたまえ」と津田君が促《うな》がす。

「この馬はなかなか勢がいい。あの尻尾《しっぽ》を振って鬣《たてがみ》を乱しているところは野馬《のんま》だね」と茶を飲まない代りに馬を賞《ほ》めてやった。

「冗談《じようだん》じゃない、婆さんが急に犬になるかと、思うと、犬が急に馬になるのは烈《はげ》しい。*それからどうしたんだ」としきりに後《あと》を聞きたがる。茶は飲まんでも差《さ》し支《つか》えないこととなる。

「婆さんが言うには、あの鳴き声はただの鳴き声ではない、なんでもこの辺に変があるに相違ないから用心しなくてはいかんと言うのさ。しかし用心をしろと言ったってべつだん用心のしようもないから打ち遣《や》っておくから構わないが、うるさいには閉口だ」

「そんなに鳴きたてるのかい」

「なに犬はうるさくもなんともないさ。第一僕はぐうぐう寝《ね》てしまうから、いつどんなに吠えるのかまったく知らんくらいさ。しかし婆さんの訴えは僕の起きている時を択《えら》んでくるから面倒だね」

「なるほどいかに婆さんでも君の寝ている時をよってお気をお付けあそばせとも言うまい」

「ところへもってきて僕の未来の細君が風邪《かぜ》を引いたんだね。ちょうど婆さんのお誂《あつらえ》どおりに事件が輻輳《ふくそう》*したからたまらない」

「それでも宇野のお嬢さんはまだ四谷にいるんだから心配せんでも宜《よ》さそうなものだ」

「それを心配するから迷信婆々さ、あなたがお移りにならんとお嬢様の御病気がはやく御全快になりませんからぜひこの月中に方角のいい所へ御転宅あそばせというわけさ。とんだ予言者に捕《つら》まって、大迷惑《おおめいわく》だ」

「移るのもいいかもしれんよ」

「馬鹿ぁ言ってら、このあいだ越したばかりだね。そんなにたびたび引越《ひきこ》しをしたら身代限《しんだいかぎり》*をするばかりだ」

「しかし病気は大丈夫かい」

「君まで妙なことを言うぜ。少々伝通院の坊主にかぶれてきたんじゃないか。そんなに人を威嚇《おど》かすもんじゃない」

「威嚇かすんじゃない、大丈夫かと聞くんだ。これでも君の妻君の身の上を心配したつもりなんだよ」

「大丈夫に極《きま》ってるさ。咳嗽《せき》は少し出るがインフルエンザなんだもの」

「インフルエンザ？」と津田君は突然余を驚かすほどな大きな声を出す。今度はほんとうに威嚇かされて、無言《むごん》のまま津田君の顔を見詰《みつ》める。

「よく注意したまえ」と二句目は低い声で言った。初めの大きな声に反してこの低い声が耳の底をつき抜けて頭の中へしんと浸《し》み込んだような気持がする。なぜだか分らない。細い針は根まではいる、低くても透《とお》る声は骨に答《こた》えるのであろう。碧瑠璃《へきるり》の大空に瞳《ひとみ》ほどな黒き点をはたと打たれたような心持《こころも》ちである。消えて失《う》せるか、溶けて流れるか、武庫山卸《むこやまおろ》し＊にならぬとも限らぬ。この瞳ほどな点の運命はこれから津田君の説明で決せられるのである。余は覚えず相馬焼の茶碗を取り上げて冷たき茶を一時にぐっと飲み干した。

「注意せんといかんよ」と津田君は再び同じことを同じ調子で繰《く》り返す。瞳ほどな点が一段の黒味を増す。しかし流れるとも広がるとも片付《かたづ》かぬ。

「縁喜《えんぎ》でもない、いやに人を驚かせるぜ。ワハハハハ」とむりに大きな声で笑ってみせたが、腑《ふ》の抜けた勢のない声が無意味に響くので、我ながら気が付いて中途でぴたりと已《や》めた。やめると同時にこの笑《わらい》がいよいよ不自然に聞かれたのでやはり仕舞《しまい》まで笑い切れば善《よ》かったと思う。津田君はこの笑をなんと聞《きい》たか知らん。再び口を開いた時は依然として以前の調子である。

「いや実はこういう話がある。ついこのあいだのことだが、僕の親戚《しんせき》の者がやはりインフルエンザに罹《かか》ってね。べつだんのことはないと思って好加《いいか》減《げん》にしておいたら、一週間目から肺炎に変じて、とうとう一個月立たないうちに死んでしまった。その時医者の話さ。このごろのインフルエンザは性《たち》が悪い、じきに肺炎になるから用心をせんといかんと言ったが――実に夢のようさ。可哀《かわい》そうでね」と言い掛けて厭な寒い顔をする。

「へえ、それはとんだことだった。どうしてまた肺炎などに変じたのだ」と心配だから参考のため聞いておく気になる。

「どうしてって、べつだんの事情もないのだが――それだから君のも注意せんといかんというのさ」

「本当《ほんとう》だね」と余は満腹の真面目をこの四文字《よもじ》に籠《こ》めて、津田君の目の中を熱心に覗《のぞ》き込んだ。津田君はまだ寒い顔をしている。

「いやだいやだ、考えてもいやだ。二十二や三で死んでは実に詰《つま》らんからね。しかも所天《おっと》は戦争に行ってるんだから――」

「ふん、女か？　そりゃ気の毒だなあ。軍人だね」

「うん所天《おっと》は陸軍中尉さ。結婚してまだ一年にならんのさ。僕は通夜《つや》にも行《ゆ》き葬式の供にも立ったが――その夫人の御母《おっか》さんが泣いてね――」

「泣くだろう、誰《だれ》だって泣かあ」

「ちょうど葬式の当日は雪がちらちら降って寒い日だったが、お経が済《す》んでいよいよ棺《かん》を埋《う》める段になると、御母さんが穴の傍《そば》へしゃがんだぎり動かない。雪が飛んで頭の上が斑《まだら》になるから、僕が蝙蝠《こうもり》傘をさし懸けてやった」

「それは感心だ、君にも似合わない優しいことをしたものだ」

「だって気の毒で見ていられないもの」

「そうだろう」と余はまた法眼元信の馬を見る。自分ながらこの時は相手の寒い顔が伝染しているに相違ないと思った。咄嗟《とっさ》のあいだに死んだ女の所天のことが聞いてみたくなる。

「それでその所天のほうは無事なのかね」

「所天は黒木《くろき》軍《ぐん》*に付いているんだが、このほうはまあさいわいに怪我《けが》もしないようだ」

「細君が死んだという報知を受取《うけと》ったらさぞ驚いたろう」

「いや、それについて不思議な話があるんだがね、日本《にほん》から手紙の届かないさきに細君がちゃんと亭主《ていしゅ》の所へ行っているんだ」

「行ってるとは？」

「逢《あ》いに行ってるんだ」

「どうして？」

「どうして、逢いに行ったのさ」

「逢いに行くにもなんにも当人死《ゆ》んでるんじゃないか」

「死んで逢いに行ったのさ」

「馬鹿ぁ言ってら、いくら亭主が恋しいったって、そんな芸が誰にできるもんか。まるで林屋正蔵《はやしやしょうぞう》＊の怪談だ」

「いや実際行ったんだから、しようがない」と津田君は教育ある人にも似《に》合《あわ》ず、頑固《がんこ》に愚なことを主張する。

「しようがないって――なんだか見て来たようなことを言うぜ。可笑《おか》しいな、君ほんとうにそんなことを話してるのかい」

「むろんほんとうさ」

「こりゃ驚いた。まるで僕のうちの婆さんのようだ」

「婆さんでも爺《じい》さんでも事実だから仕方がない」と津田君はいよいよ躍起になる。どうも余にからかっているようにもみえない。はてな真面目で言っているとすればなにか曰《いわ》くのあることだろう。津田君と余は大学へ入《はい》ってから科は違うたが、高等学校では同じ組にいたこともある。その時余はたいがい四十何人の席末を汚《けが》すのが例であったのに、先生は巋然《きぜん》*として常に二三番を下らなかったところをもって見ると、頭脳は余よりも三十五六枚がた明晰《めいせき》に相違ない。その津田君が躍起になるまで弁護するのだからまんざらの出鱈目《でたらめ》ではあるまい。余は法学士である、刻下の事件をありのままに見て常識で捌《さば》いてゆくよりほかに思慮を回《めぐ》らすのはあたわざるよりもむしろ好まざるところである。幽霊だ、祟《たたり》だ、因縁《いんねん》だなどと雲を攫《つか》むようなことを考えるのはいちばん嫌《きらい》である。が津田君の頭脳には少々恐れ入っている。その恐れ入ってる先生が真面目に幽霊談をするとなると、余もこの問題に対する態度を義理にも改めたくなる。実を言うと幽霊と雲助《くもすけ》は維新以来永久廃業したものとのみ信じていたのである。しかるにさっきから津田君の容子《ようす》を見ると、なんだかこの幽霊なるものが余の知らぬまに再興されたようにもある。さっき机の上にある書物はなにかと尋ねた時にも幽霊の書物だとか答えたと記憶する。とにかく損はないことだ。忙《いそ》がしい余にとってはこんな機会はまたとあるまい。後学のため話だけでも拝聴して帰ろうとようやく肚《はら》のなかで決心した。見ると津田君も話の続きが話したいというふうである。話したい、聞きたいと事が極《きま》ればわけはない。漢水は依然として西南に流れるのが千古の法則*だ。

「だんだん聞き糾《ただ》してみると、その妻《つま》というのが夫の出征前に誓ったのだそうだ」

「なにを?」

「もし万一お留守中に病気で死ぬようなことがありましてもただは死にませんて」

「へえ」

「必ず魂魄《こんぱく》だけはお傍《そば》へ行って、もう一遍《ぺん》お目に懸《かか》りますと言った時に、亭主は軍人で磊落《らいらく》な気性だから笑いながら、よろしい、いつでも来なさい、戦《いく》さの見物をさしてやるからと言ったぎり満州《まんしゅう》へ渡ったんだがね。その後《ご》そんなことはまるで忘れてしまっていっこう気にも掛けなかったそうだ」

「そうだろう、僕なんざ軍《いく》さに出なくっても忘れてしまわあ」

「それでその男が出立をする時細君がいろいろ手伝って手荷物などを買ってやったなかに、懐中持《かいちゅうもち》の小さい鏡があったそうだ」

「ふん。君はたいへん詳しく調べているな」

「なにあとで戦地から手紙が来たのでその顚末《てんまつ》が明瞭になったわけだが。――その鏡を先生常に懐中していてね」

「うん」

「ある朝例のごとくそれを取り出して何心なく見たんだそうだ。するとその鏡の奥に写ったのが――いつものとおり髭《ひげ》だらけな垢染《あかじみ》た顔だろうと思うと――不思議だねえ――実に妙なことがあるじゃないか」

「どうしたい」

「青白い細君の病気に窶《やつ》れた姿がスーとあらわれたというんだがね――いえそれはちょっと信じられんのさ、誰に聞かしても嘘《うそ》だろうと言うさ。現に僕などもその手紙を見るまでは信じない一人《ひとり》であったのさ。しかし向うで手紙を出したのはむろんこちらから死去の通知の行った三週間もまえなんだぜ。嘘をつくったって嘘にする材料のない時ださ。それにそんな嘘をつく必要がないだろうじゃないか。死ぬか生きるかという戦争中にこんな小説染《じみ》た呑気《のんき》な法螺《ほら》を書いて国元《くにもと》へ送るものは一人もないわけださ」

「そりゃない」と言ったが実はまだ半信半疑である。半信半疑ではあるがなんだか物凄《ものすご》い、気味の悪い、一言にしていうと法学士に似合わしからざる感じが起《おこ》った。

「もっとも話はしなかったそうだ。黙って鏡の裏《うち》から夫の顔をしけじけ見詰めたぎりだそうだが、その時夫の胸のうちに訣別《けつべつ》の時、細君の言った言《こと》葉《ば》が渦《うず》のように忽然《こつぜん》と湧《わ》いて出たというんだが、こりゃそうだろう。焼小《やきご》手《て》で脳味噌をじゅっと焚《や》かれたような心持だと手紙に書いてあるよ」

「妙なことがあるものだな」と手紙の文句まで引用されるとぜひとも信じなければならぬようになる。なんとなく物騒《ぶっそう》な気合《けわい》である。この時津田君がもしワッとでも叫んだら余はきっと飛び上《あが》ったに相違ない。

「それで時間を調べてみると細君が息を引き取ったのと夫が鏡を眺《なが》めたのが同日同刻になっている」

「いよいよ不思議だな」この時に至っては真面目に不思議と思いだした。

「しかしそんなことがありうることかな」と念のため津田君に聞いてみる。

「ここにもそんなことを書いた本があるがね」と津田君はさっきの書物を机の上から取り卸《おろ》しながら「近ごろじゃ、ありうるということだけは証明されそうだよ」と落ち付き払って答える。法学士の知らぬまに心理学者のほうでは幽霊を再興しているなと思うと幽霊もいよいよ馬鹿にできなくなる。知らぬことには口が出せぬ、知らぬは無能力である。幽霊に関しては法学士は文学士に盲従しなければならぬと思う。

「遠い距離において、ある人の脳の細胞と、他の人の細胞が感じて一種の化学的変化を起すと……」

「僕は法学士だから、そんなことを聞いても分らん。要するにそういうことは理論上ありうるんだね」余のごとき頭脳不透明なるものは理屈を承わるより結論だけ呑《の》み込んでおくほうが簡便である。

「ああ、つまりそこへ帰着するのさ。それにこの本にも例がたくさんあるがね、そのうちでロード・ブローアム*の見た幽霊などは今の話とまるで同じ場合に属するものだ。なかなか面白い。君ブローアムは知っているだろう」

「ブローアム？　ブローアムたなんだい」

「英国の文学者さ」

「道理で知らんと思った。僕は自慢《じまん》じゃないが文学者の名なんかシェイクスピアとミルトンとそのほかに二三人しか知らんのだ」

津田君はこんな人間と学問上の議論をするのは無駄《むだ》だと思ったか「それだから宇野のお嬢さんもよく注意したまいということさ」と話を元《もと》へ戻《もど》す。

「うん注意はさせるよ。しかし万一のことがありましたらきっとお目に懸《かか》りに上《あが》りますなんて誓《ちかい》は立てないのだからそのほうは大丈夫だろう」と洒落《しゃれ》てみたが心のうちはなんとなく不愉快であった。時計を出して見ると十一時に近い。これはたいへん。うちではさぞ婆さんが犬の遠吠《とおぼえ》を苦にしているだろうと思うと、一刻も早く帰りたくなる。「いずれそのうち婆さんに近付《ちかづき》になりに行《ゆ》くよ」と言う津田君に「御馳走《ごちろう》をするからぜひ来たまえ」と言いながら白山御殿町《はくさんごてんまち》の下宿を出る。

我からと惜気《おしげ》もなく咲いた彼岸桜《ひがんざくら》に、いよいよ春が来たなと浮かれだしたのもわずか二《に》三日《さんち》のあいだである。今では桜自身さえ早待《はやま》ったと後悔しているだろう。生温《なまぬる》く帽を吹く風に、額際《ひたいぎわ》から煮染《にじ》み出す膏《あぶら》と、粘《ねば》り着《つ》く砂埃《すなほこ》りとをいっしょに拭《ぬぐ》い去った一昨日《おととい》のことを思うと、まるで去年のような心持ちがする。それほどきのうから寒くなった。今夜はいっそうである。冴返《さえかえ》るなどという時節でもないに馬鹿馬鹿《ばかばか》しい敷と外套《がいとう》の襟《えり》を立てて盲唖《もうあ》学校《がっこう》*の前から植物園*の横をだらだらと下《お》りた時、どこで撞《つ》く鐘だか夜《よる》のなかに波を描いて、静かな空をうねりながら来る。十一時だなと思う。——時の鐘は誰《だれ》が発明したものか知らん。今までは気が付かなかったが注意して聴《き》いてみると妙な響《ひびき》である。一つ音が粘り強い餅《もち》を引き千切《ちぎ》ったようにいくつにも割れてくる。割れたから縁が絶えたかと思うと細くなって、次の音に繋《つな》がる。繋がって太くなったかと思うと、また筆の穂のようにしぜんと細くなる。――あの音はいやに伸びたり縮んだりするなと考えながら歩行《ある》くと、自分の心臓の鼓動も鐘の波のうねりとともに伸びたり縮んだりするように感ぜられる。しまいには鐘の音にわが呼吸を合せたくなる。今夜はどうしても法学士らしくないと、足早《あしばや》に交番の角を曲るとき、冷たい風に誘われてポツリと大粒の雨が顔にあたる。

極楽水《ごくらくすい》*はいやに陰気な所である。近ごろは両側へ長家《ながや》が建ったので昔ほど淋《さみ》しくはないが、その長家が左右とも闃然《げきぜん》*として空家《あきや》のように見えるのはあまり気持のいいものではない。貧民に活動はつきものである。働いておらぬ貧民は、貧民たる本性を遺失して生きたものとは認められぬ。余《よ》が通り抜ける極楽水の貧民は打てども蘇《よ》み返る景色《けしき》なきまでに静かである。――実際死んでいるのだろう。ポツリポツリと雨はようやく濃《こま》かになる。傘《かさ》を持ってこなかった、ことによると帰るまでにはずぶ濡《ぬれ》になるわいと舌《した》打《うち》をしながら空を仰ぐ。雨は闇《やみ》の底から蕭々《しょうしょう》と降る、容易に晴れそうにもない。

五六間先にたちまち白いものが見える。往来の真中《まんなか》に立ち留《どま》って、首を延《のば》してこの白いものをすかしているうちに、白いものは容赦もなく余の方へ進んでくる。半分と立《た》たぬまに余の右側を掠《かす》めるごとく過ぎ去ったのを見ると——蜜《み》柑箱《かんばこ》のようなものに白い巾《きれ》をかけて、黒い着物をきた男が二人《ふたり》、棒を通して前後から担《かつ》いで行《ゆ》くのである。おおかた葬式か焼場《やきば》であろう。箱のなかのは乳飲子《ちのみご》に違いない。黒い男は互に言葉《ことば》も交《まじ》えずに黙ってこの棺桶《かんおけ》を担《かつ》いで行く。天下に夜中《やちゅう》棺桶を担《にな》うほど、当然の出来事《できごと》はあるまいと、思い切った調子でコツコツ担いで行く。闇に消える棺桶をしばらくは物珍《ものめず》らし気《げ》に見送って振《ふ》り返った時、また行手《ゆくて》から人声が聞えだした。高い声でもない、低い声でもない、夜《よ》が更《ふ》けているので存外反響が烈《はげ》しい。

「昨日《きのう》生れて今日《きょう》死ぬ奴《やつ》もあるし」と一人《ひとり》が言うと「寿命だよ、まったく寿命だから仕方がない」と一人が答える。二人の黒い影がまた余の傍を掠《かす》めて見るまに闇のなかへもぐり込む。棺の後《あと》を追って足早に刻む下駄《げた》の音のみが雨に響く。

「昨日生れて今日死ぬ奴もあるし」と余は胸のうちで繰り返してみた。昨日生れて今日死ぬ者さえあるなら、昨日病気に罹《かか》って今日死ぬ者はもとよりあるべきはずである。二十六年も娑婆《しゃば》の気を吸ったものは病気に罹らんでも十分死ぬ資格を具《そな》えている。こうやって極楽水を四月三日の夜《よる》の十一時に上《のぼ》りつつあるのは、ことによると死にに上ってるのかもしれない。――なんだか上りたくない。しばらく坂の中途で立ってみる。しかし立っているのは、ことによると死にに立っているのかもしれない。――また歩行きだす。死ぬということがこれほど人の心を動かすとは今までつい気が付かなんだ。気が付いてみると立っても歩行いても心配になる、この様子では家《うち》へ帰って蒲団《ふとん》の中へはいってもやはり心配になるかもしれぬ。なぜ今までは平気で暮していたのであろう。考えてみると学校にいた時分は試験とベースボールで死ぬということを考える暇《ひま》がなかった。卒業してからはペンとインキとそれから月給の足らないのと婆さんの苦情でやはり死ぬということを考える暇がなかった。人間は死ぬものだとはいかに呑気な余でも承知しておったに相違ないが、実際余も死ぬものだと感じたのは今夜が生れて以来はじめてである。夜《よる》というむやみに大きな黒いものが、歩行いても立っても上下四方から閉じ込めていて、その中に余という形体を溶かし込まぬと承知せぬぞと逼《せま》るように感ぜらるる。余は元来呑気なだけに正直なところ、功名心には冷淡な男である。死ぬとしても別に思い置くことはない。別に思い置くことはないが死ぬのは非常に厭《いや》だ、どうしても死にたくない。死ぬのはこれほどいやなものかなとはじめて覚《さと》ったように思う。雨はだんだん密になるので外套が水を含んで触《さわ》ると、濡《ぬれ》た海綿を圧《お》すようにじくじくする。

竹早町《たけはやちょう》を横《よこぎ》って切支丹坂《きりしたんざか》*へかかる。なぜ切支丹坂というのか分らないが、この坂も名前《なまえ》に劣らぬ怪しい坂である。坂の上へ来た時、ふと先だってここを通って「日本《にっぽん》一急な坂、命《いのち》の欲《ほ》しい者は用心じゃ用心じゃ」と書いた張札《はりふだ》が土手の横からはすに往来へ差し出ているのを滑稽《こっけい》だと笑ったことを思い出す。今夜は笑うどころではない。命の欲しい者は用心じゃという文句が聖書にでもある格言のように胸に浮ぶ。坂道は暗い。めったに下《お》りると滑《すべ》って尻餅《しりもち》を搗《つ》く。険呑《けんのん》だと八合目あたりから下を見て覘《ねらい》をつける。暗くてなにもよく見えぬ。左の土手から古榎《ふるえのき》が無遠慮に枝を突き出して日の目の通わぬほどに坂を蔽《おお》うているから、昼でもこの坂を下りる時は谷の底へ落ちると同様あまり善《い》い心持ではない。榎は見えるかなと顔を上げて見ると、あると思えばあり、ないと思えばないほどな黒いものに雨の注ぐ音がしきりにする。この暗闇《まっくら》な坂を下りて、細い谷道を伝って、茗荷谷《みょうがだに》を向《むこう》へ上《あが》って七八丁行けば小日向台町《こびなただいまち》の余が家へ帰られるのだが、向へ上がるまでがちと気味がわるい。

茗荷谷の坂の中途に当るくらいな所に赤い鮮《あざや》かな火が見える。前から見えていたのか顔をあげるとたんに見えだしたのか判然しないが、とにかく雨を透《すか》してよく見える。あるいは屋敷の門口《もんぐち》に立ててある瓦斯灯《ガスとう》ではないかと思って見ていると、その火がゆらりゆらりと盆灯籠《ぼんどうろう》の秋風に揺られる具合に動いた。――瓦斯灯ではない。なんだろうと見ていると今度はその火が雨と闇の中を波のように縫って上から下へ動いて来る。――これは提《ちょう》灯《ちん》の火に相違ないとようやく判断した時それが不意と消えてしまう。

この火を見た時、余ははっと露子《つゆこ》のことを思い出した。露子は余が未来の細君の名である。未来の細君とこの火とどんな関係があるかは心理学者の津田君にも説明はできんかもしれぬ。しかし心理学者の説明しうるものでなくては思い出してならぬとも限るまい。この赤い、鮮かな、尾の消える縄《なわ》に似た火は余をしてたしかに余が未来の細君を咄嗟《とっさ》の際に思い出さしめたのである。――同時に火の消えた瞬間が露子の死を未練もなく拈出《ねんしゅつ》した。額を撫《な》でると膏汗《あぶらあせ》と雨でずるずるする。余は夢中であるく。

坂を下《お》りきると細い谷道で、その谷道が尽きたと思うあたりからまた向き直って西へ西へと爪上《つまあが》りに新しい谷道がつづく。この辺はいわゆる山の手の赤土で、少しでも雨が降ると下駄の歯を吸い落すほどに濘《ぬか》る。暗さは暗し、靴《くつ》は踵《かかと》を深く土に据《す》え付けて容易《たやす》くは動かぬ。曲りくねってむやみやたらに行《ゆ》くと枸杞《くこ》垣《がき》*とも覚《おぼ》しきものの鋭《する》どく折れ曲る角でぱたりとまた赤い火に出喰《でく》わした。見ると巡査である。巡査はその赤い火を焼くまでに余の頬《ほお》に押し当てて「悪《わ》るいからお気を付けなさい」と言い棄《す》てて擦《す》れ違った。よく注意したまえと言った津田君の言葉と、悪いからお気をつけなさいと教えた巡査の言葉とは似ているなと思うとたちまち胸が鉛のように重くなる。あの火だ、あの火だと余は息を切《き》らして馳《か》け上《あが》る。

どこをどう歩行いたとも知らず、流星のごとくわが家《や》へ飛び込んだのは十二時近くであろう。三分《さんぶ》心《しん》*の薄暗いランプを片手に奥から駆《か》け出して来た婆さんが頓狂《とんきょう》な声を張り上げて「旦那《だんな》様《さま》！　どうなさいました」と言う。見ると婆さんは蒼《あお》い顔をしている。

「婆さん！　どうかしたか」と余も大きな声を出す。婆さんも余からなにか聞くのが怖《おそろ》しく、余は婆さんからなにか聞くのが怖しいのでお互にどうかしたかと問い掛《か》けながら、その返答は両方とも言わずに双方とも暫時《ざんじ》睨《にら》み合っている。

「水が――水が垂《た》れます」これは婆さんの注意である。なるほど十分に雨を含んだ外套の裾《すそ》と、中折帽の庇《ひさし》から用捨なく冷たい点滴が畳の上に垂れる。折目をつまんで抛《ほう》り出すと、婆さんの膝《ひざ》の傍《そば》に白繻子《しろじゅす》の裏を天井へ向けて帽が転《ころ》がる。灰色のチェスターフィールド*を脱いで、一振《ひとふ》り振って投げた時はいつもよりよほど重く感じた。日本服《にほんふく》に着換えて、身顫《みぶる》いをしてようやくわれに帰ったころを見計って婆さんはまた「どうなさいました」と尋ねる。今度は先方も少しは落付いている。

「どうするって、べつだんどうもせんさ。ただ雨に濡《ぬ》れただけのことさ」となるべく弱身を見せまいとする。

「いえあのお顔色はただのお色ではございません」と伝通院の坊主を信仰するだけあって、うまく人相を見る。

「お前のほうがどうかしたんだろう。先《さ》ッきは少し歯の根が合わないようだったぜ」

「私はなんと旦那様から冷《ひや》かされてもかまいません。——しかし旦那様雑《じょう》談事《だんごと》じゃございませんよ」

「え？」と思わず心臓が縮みあがる。「どうした。留守中《るすちゅう》なにかあったのか。四谷から病人のことでもなんか言ってきたのか」

「それ御覧あそばせ、そんなにお嬢様のことを心配していらっしゃるくせに」

「なんと言ってきた。手紙が来たのか、使《つかい》が来たのか」

「手紙も使も参りはいたしません」

「それじゃ電報か」

「電報なんて参りはいたしません」

「それじゃ、どうした——はやく聞かせろ」

「今夜は鳴き方が違いますよ」

「なにが？」

「なにがって、あなた、どうも宵《よい》から心配で堪《たま》りませんでした。どうしても只事《ただごと》じゃございません」

「なにがさ。それだからはやく聞かせろと言ってるじゃないか」

「先だって中《じゅう》から申し上げた犬でございます」

「犬？」

「ええ、遠吠でございます。私が申し上げたとおりにあそばせば、こんなことには成らないで済んだんでございますのに、あなたが婆さんの迷信だなんて、あんまり人を馬鹿にあそばすものですから……」

「こんなことにもあんなことにも、まだなんにも起らないじゃないか」

「いえ、そうではございません。旦那様もお帰りあそばす途中お嬢様の御病気のことを考えていらしったに相違ございません」と婆さんずばと図星《ずぼし》を刺す。寒い刃が闇に閃《ひら》めいてひやりと胸打《むねうち》*を喰わせられたような心持がする。

「それは心配して来たに相違ないさ」

「それ御覧あそばせ、やっぱり虫が知らせるのでございます」

「婆さん虫が知らせるなんてことがほんとうにあるものかな、お前そんな経験をしたことがあるのかい」

「ある段じゃございません。昔から人が烏鳴《からすな》きが悪いとかなんとかよく申すじゃございませんか」

「なるほど烏鳴きは聞いたようだが、犬の遠吠はお前一人のようだが――」

「いいえ、あなた」と婆さんは大軽蔑《だいけいべつ》の口調で余の疑《うたがい》を否定する。「同じことでございますよ。婆やなどは犬の遠吠でよく分ります。論より証拠これはなにかあるなと思うと外《はず》れたことがございませんもの」

「そうかい」

「年寄のいうことは馬鹿にできません」

「そりゃむろん馬鹿にはできんさ。馬鹿にできんのは僕もよく知っているさ。だからなにもお前を――しかし遠吠がそんなに、よく当るものかな」

「まだ婆やの申すことを疑《うたぐ》っていらっしゃる。なんでも宜《よろ》しゅうございますから明朝《みようあさ》四谷へ行ってごらんあそばせ、きっとなにかございますよ、婆やが受合《うけあ》いますから」

「きっとなにかあっちゃ厭だな。どうか工夫はあるまいか」

「それだから、はやくお越しあそばせと申し上げるのに、あなたがあまり剛情をおはりあそばすものだから――」

「これから剛情はやめるよ。――ともかくあした早く四谷へ行ってみることにしよう。今夜これから行っても好《い》いが……」

「今夜いらしっちゃ、婆やはお留守居はできません」

「なぜ？」

「なぜって、気味《きび》が悪くっていても起ってもいられませんもの」

「それでもお前が四谷のことを心配しているんじゃないか」

「心配はいたしておりますが、私だって怖しゅうございますから」

おりから軒を遶《めぐ》る雨の響《ひびき》に和して、いずくよりともなく何物か地を這《は》うて唸《うな》り回るような声が聞える。

「ああ、あれでございます」と婆さんが瞳《ひとみ》を据え小声で言う。なるほど陰気な声である。今夜はここへ寝ることにきめる。

余は例のごとく蒲団《ふとん》の中へもぐり込んだがこの唸《うな》り声《ごえ》が気になって瞼《まぶた》さえ合わせることができない。

普通犬の鳴き声というものは、後《あと》も先《さき》も鉈《なた》刀で打《ぶ》ち切った薪雑木《まきざっぽう》を長く継《つ》いだ直線的の声である。今聞く唸り声はそんなに簡単な無造作《むぞうさ》のものではない。声の幅に絶えざる変化があって、曲りが見えて、丸みを帯びている。蠟燭《ろうそく》の灯《ひ》の細きより始まってしだいに福やかに広がってまた油の尽きた灯心の花と漸次に消えてゆく。どこで吠えるか分らぬ。百里の遠き外《ほか》から、吹く風に乗せられてかすかに響くと思うまに、近づけば軒端《のきば》を洩《も》れて、枕《まくら》に塞《ふさ》ぐ耳にも薄《せま》る。ウウウウという音が丸い段落をいくつも連ねて家の周囲を二三度繞《めぐ》ると、いつしかその音がワワワワに変化する拍子、疾《と》き風に吹き除《の》けられてはるか向うに尻尾《しっぽ》はンンンと化して闇の世界に入る。陽気な声をむりに圧迫して陰鬱《いんうつ》にしたのがこの遠吠である。躁狂《そうきょう》な響を権柄《けんぺい》ずくで沈痛ならしめているのがこの遠吠である。自由でない。圧制されて已《やむ》を得ずに出す声であるところが本来の陰鬱《いんうつ》、天然《てんねん》の沈痛よりもいっそう厭である、聞き苦しい。余は夜着《よぎ》のなかに耳の根まで隠した。夜着のなかでも聞える、しかも耳を出しているよりいっそう聞き苦しい。また顔を出す。

しばらくすると遠吠がはたと已《や》む。この夜半の世界から犬の遠吠を引き去ると動いているものは一つもない。わが家が海の底へ沈んだと思うくらい静かになる。静まらぬはわが心のみである。わが心のみはこの静かななかから何事かを予期しつつある。されどもその何事なるかは寸分の観念だにない。性の知れぬものがこの闇の世からちょっと顔を出しはせまいかという掛念《けねん》が猛烈に神経を鼓舞するのみである。今出るか、今出るかと考えている。髪の毛の間へ五本の指を差し込んでむちゃくちゃに掻《か》いてみる。一週間ほど湯に入《はい》って頭を洗わんので指の股《また》が油でニチャニチャする。この静かな世界が変化したら——どうも変化しそうだ。今夜のうち、夜の明けぬうちなにかあるに相違ない。この一秒も待って過ごす。この一秒もまた待ちつつ暮らす。なにを待っているかと言われては困る。なにを待っているか自分に分らんからいっそうの苦痛である。頭から抜き取った手を顔の前に出して無意味に眺《なが》める。爪《つめ》の裏が垢《あか》で薄黒く三日月形《みかづきがた》に見える。同時に胃嚢《いぶくろ》が運動を停止して、雨に逢《あ》った鹿皮《しかがわ》を天日《てんぴ》で乾《ほ》し堅めたように腹の中が窮屈《きゅうくつ》になる。犬が吠えれば善《よ》いと思う。吠えているうちは厭でも、厭な度合が分る。こう静かになっては、どんな厭なことが背後に起りつつあるのか、知らぬまに醸《かも》されつつあるか見当がつかぬ。遠吠なら我慢《がまん》する。どうか吠えてくれればいいと寝返りを打って仰向《あおむ》けになる。天井に丸くランプの影がかすかに写る。見るとその丸い影が動いているようだ。いよいよ不思議になってきたと思うと、蒲団の上で脊髄《せきずい》が急にぐにゃりとする。ただ目だけを見張って、たしかに動いておるか、おらぬかを確《たしか》める。――確かに動いている。平常《ふだん》から動いているのだが気が付かずに今日まで過《す》ごしたのか、または今夜にかぎって動くのかしらん。――もし今夜だけ動くのなら、只事《ただごと》ではない。しかしあるいは腹工合のせいかもしれまい。今日会社の帰りに池《いけ》の端《はた》の西洋料理屋で海老《えび》のフライを食ったが、ことによるとあれが祟《たた》っているかもしれん。詰《つま》らん物を食って、銭をとられて馬鹿馬鹿しい廃《よ》せばよかった。なにしろこんな時は気を落ち付けて寐《ね》るのが肝心《かんじん》だと堅く目を閉じてみる。すると虹霓《にじ》を粉《こ》にして振《ふ》り蒔《ま》くように、目の前が五色《しき》の斑点《はんてん》でちらちらする。これは駄目だと目を開《あ》くとまたランプの影が気になる。仕方がないからまた横向《よこむき》になって大病人《たいびょうにん》のごとく、じっとして夜《よ》の明けるのを待とうと決心した。

横を向いてふと目に入ったのは、襖《ふすま》の陰に婆さんが丁寧《ていねい》に畳《たた》んでおいた秩父銘仙《ちちぶめいせん》の不断着《ふだんぎ》である。このまえ四谷に行って露子の枕元《まくらもと》で例のとおり他愛もない話をしておった時、病人が袖口《そでぐち》の綻《ほころ》びから綿が出懸《でか》っているのを気にして、よせというのをむりに蒲団の上へ起き直って縫ってくれたことをすぐ連想する。あの時は顔色が少し悪いばかりで笑い声さえ常とは変らなかったのに——当人ももうだいぶ好くなったから明日《あした》あたりから床を上げましょうとさえ言ったのに——今、目の前に露子の姿を浮べてみると——浮べてみるのではない、しぜんに浮んで来るのだが——頭へ氷嚢《ひょうのう》を載《の》せて、長い髪を半分濡らして、うんうん呻《うめ》きながら、枕の上へのり出してくる。——いよいよ肺炎かしらと思う。しかし肺炎にでもなったらなんとか知らせが来るはずだ。使も手紙も来ないところをもって見るとやっぱり病気は全快したに相違ない、大丈夫だ、と断定して眠ろうとする。合わす瞳の底に露子の青白い肉の落ちた頰と、窪《くぼ》んで硝子張《ガラスばり》のように凄《すご》い目がありありと写る。どうも病気は癒ってておらぬらしい。しらせはまだ来ぬが、来ぬということが安心にはならん。今に来るかもしれん、どうせ来るなら早く来れば好《よ》い、来ないかしらんと寝返りを打つ。寒いとはいえ四月という時節に、厚夜着《あつよぎ》を二枚も重ねて掛けているから、ただでさえ寝苦しいほど暑いわけであるが、手足と胸のうちはまったく血の通わぬように重く冷たい。手で身のうちを撫《な》でてみると膏《あぶら》と汗で湿っている。皮膚の上に冷たい指が触《さわ》るのが、青大将《あおだいしょう》にでも這《は》われるように厭な気持である。ことによると今夜のうちに使でも来るかもしれん。

突然何者か表の雨戸を破《わ》れるほど叩《たた》く。そら来たと心臓が飛び上って肋《あばら》の四枚目を蹴《け》る。なにか言うようだが叩く音とともに耳を襲うので、よく聞き取れぬ。「婆さん、なにか来たぜ」と言う声の下から「旦那様、なにか参りました」と答える。余と婆さんは同時に表口へ出て雨戸を開ける。——巡査が赤い火を持って立っている。

「今しがたなにかありはしませんか」と巡査は不審な顔をして、挨拶《あいさつ》もせぬさきから突然尋ねる。余と婆さんは言い合したように顔を見合《みあわ》せる。両方ともなんとも答《こたえ》をしない。

「実は今ここを巡行するとね、なんだか黒い影が御門から出て行《ゆ》きましたから……」

婆さんの顔は土のようである。なにか言おうとするが息がはずんで言えない。巡査は余のほうを見て返答を促《うな》がす。余は化石のごとく茫然《ぼうぜん》と立っている。

「いやこれは夜中《やちゅう》はなはだ失礼で……実は近ごろこの界隈《かいわい》が非常に物騒《ぶっそう》なので、警察でも非常に厳重に警戒をしますので――ちょうど御門が開いておって、なにか出て行ったような按排《あんばい》でしたから、もしやと思ってちょっと御注意をしたのですが……」

余はようやくほっと息をつく。咽喉《のど》に痞《つか》えている鉛の丸《たま》が下《お》りたような気持ちがする。

「これは御親切に、どうも、――いえ別になにも盗難に罹った覚《おぼえ》はないようです」

「それなら宜《よろ》しゅうございます。毎晩犬が吠えてお八釜敷《やかましい》でしょう。どういうものか賊がこの辺ばかり徘徊《はいかい》しますんで」

「どうも御苦労様」と景気よく答えたのは遠吠が泥棒《どろぼう》のためであるとも解釈ができるからである。巡査は帰る。余は夜が明け次第四谷に行《ゆ》くつもりで、六時が鳴るまでまんじりともせず待ち明《あか》した。

雨はようやく上ったが道は非常に悪い。足駄《あしだ》をと言うと歯《は》入屋《いれや》へ持っていったぎり、つい取ってくるのを忘れたと言う。靴は昨夜《ゆうべ》の雨でとうてい穿《は》けそうにない。構うものかと薩摩《さつま》下駄《げた》を引掛《ひつか》けて全速力で四谷坂町《さかまち》まで馳《か》けつける。門は開いているが玄関はまだ戸《と》閉《じま》りがしてある。書生はまだ起きんのかしらと勝手口へ回る。清《きよ》という下総《しもうさ》生れの頰《ほっ》ペタの赤い下女が俎《まないた》の上で糠味噌《ぬかみそ》から出し立ての細根《ほそね》大根《だいこん》を切っている。「お早《は》よう、なにはどうだ」と聞くと驚いた顔をして、襷《たすき》を半分外《はず》しながら「へえ」と言う。へえでは埒《らち》があかん。構わず飛び上って、茶の間へつかつかはいり込む。見ると御母《おっか》さんが、今起《お》き立《たて》の顔をして丁寧に如鱗木《じょりんもく》*の長火鉢《ながひばち》を拭《ふ》いている。

「あら靖雄《やすお》さん!」と布巾《ふきん》を持ったままあっけに取られたというふうをする。あら靖雄さんでも埒があかん。

「どうです、よほど悪いですか」と口早《くちばや》に聞く。

犬の遠吠が泥棒のせいと極《き》まるくらいなら、ことによると病気も癒っているかもしれない。癒っていてくれれば宜《よ》いがと御母さんの顔を見て息を呑《の》み込む。

「ええ悪いでしょう、昨日《きのう》はたいへん降りましたからね。さぞお困りでしたろう」これでは少々見当が違う。御母さんの様子を見るとなんだか驚いているようだが、別に心配そうにも見えない。余はなんとなく落ち付いてくる。

「なかなか悪い道です」とハンケチを出して汗を拭いたが、やはり気掛《きがか》りだから「あの露子さんは——」と聞いてみた。

「今顔を洗っています、昨夕《ゆうべ》中央会堂*の慈善音楽会とかに行って遅《おそ》く帰ったものですから、つい寝坊《ねぼう》をしましてね」

「インフルエンザは？」

「ええ難有《ありがと》う、もうさっぱり……」

「なんともないんですか」

「ええ風邪《かぜ》はとっくに癒りました」

寒からぬ春風《はるかぜ》に、濛々《もうもう》たる小雨《こさめ》の吹き払われて蒼空《あおぞら》の底まで見える心地《ここち》である。日本一《にっぽん》の御機嫌《ごきげん》にて候《そろ》＊という文句がどこかに書いてあったようだが、こんな気分をいうのではないかと、昨夕《ゆうべ》の気味の悪かったのに引き換えて今の胸のうちがいっそう朗《ほが》かになる。なぜあんな事を苦にしたろう、自分ながら愚の至りだと悟ってみると、なんだか馬鹿馬鹿しい。馬鹿馬鹿しいと思うにつけて、たとい親しい間柄《あいだがら》とはいえ、用もないのに早朝から人の家《うち》へ飛び込んだのが手持無沙汰《てもちぶさた》に感ぜらるる。

「どうして、こんなに早く、――なにか用事でもできたんですか」と御母《おっか》さんが真面目《まじめ》に聞く。どう答えて宜《よ》いか分らん。嘘《うそ》をつくと言ったって、そう咄嗟《とっさ》の際に嘘がうまく出るものではない。余は仕方がないから「ええ」と言った。

「ええ」と言った後《あと》で、廃《よ》せば善《よ》かった、――一思いに正直なところを白状してしまえば善かったと、すぐ気が付いたが、「ええ」の出たあとはもう仕方がない。「ええ」を引き込めるわけにいかなければ「ええ」を活《い》かさなければならん。「ええ」とは単簡な二文字《もじ》であるがめったに使うものでない、これを活かすにはよほど骨《ほね》が折《お》れる。

「なにか急な御用なんですか」と御母さんは詰め寄せる。べつだんの名案も浮ばないからまた「ええ」と答えておいて、「露子さん露子さん」と風《ふ》呂場《ろば》の方を向いて大きな声で怒鳴《どな》ってみた。

「あら、どなたかと思ったら、お早いのねえ——どうなすったの、——なにか御用なの?」露子は人の気も知らずにまた同じ質問で苦しめる。

「ああなにか急に御用がおできなすったんだって」と御母さんは露子に代理の返事をする。

「そう、なんの御用なの」と露子は無邪気に聞く。

「ええ、少しその、用があって近所まで来たのですから」とようやく一方に活路を開く。ずいぶん苦しい開き方だと一人で肚《はら》のなかで考える。

「それでは、私《わたし》に御用じゃないの」と御母さんは少々不審な顔付《かおつき》である。

「ええ」

「もう用を済ましていらしったの、ずいぶん早いのね」と露子は大いに感嘆する。

「いえ、まだこれから行《い》くんです」とあまり感嘆されても困るから、ちょっと謙遜《けんそん》してみたが、どっちにしても別に変りはないと思うと、自分で自分の言っていることがいかにも馬鹿らしく聞える。こんな時はなるべくはやく帰るほうが得策だ、長座《ながざ》をすればするほど失敗するばかりだと、そろそろ、尻《しり》を立てかけると
「あなた、顔の色がたいへん悪いようですがどうかなさりゃしませんか」

と御母さんが逆捻《さかねじ》を喰《く》わせる。

「髪をお刈りになると好《い》いのね、あんまり髭《ひげ》が生《は》えているから病人らしいのよ。あら頭にはねが上っててよ。たいへん乱暴にお歩行《ある》きなすったのね」

「日和下駄《ひよりげた》ですもの、よほど上ったでしょう」と背中を向いて見せる。御母さんと露子は同時に「おやまあ！」と申し合せたような驚き方をする。

羽織を干してもらって、足駄を借りて奥に寝ているお父《と》っさんには挨拶もしないで門を出る。うららかな上天気で、しかも日曜である。少々ばつ

は悪かったようなものの昨夜《ゆうべ》の心配は紅炉上《こうろじょう》の雪と消えて、*余が前途には柳、桜の春が簇《むら》がるばかり嬉《うれ》しい。神楽坂《かぐらざか》まで来て床屋へはいる。未来の細君の歓心を得んがためだと言われてもかまわない。実際余は何事によらず露子の好くようにしたいと思っている。

「旦那髯《ひげ》は残しましょうか」と白服《しろふく》を着た職人が聞く。髯を剃《そ》るといいと露子が言ったのだが全体の髯のことか顋髯《あごひげ》だけかわからない。まあ鼻の下だけは残すことにしようと一人で極《き》める。職人が残しましょうかと念を押すくらいだから、残したってあまり目立《めだ》つほどのものでもないにはきまっている。

「源《げん》さん、世の中にゃずいぶん馬鹿な奴がいるもんだねえ」と余の顋をつまんで髪剃《かみそり》を逆に持ちながらちょっと火鉢《ひばち》の方を見る。

源さんは火鉢の傍《そば》に陣取って将棊盤《しょうぎばん》の上で金銀二枚をしきりにパチつかせていたが「ほんとうにさ、幽霊だの亡者《もうじゃ》だのって、そりゃお前、昔のことだあな。電気灯のつく今日そんな箆棒《べらぼう》な話があるわけがねえからな」と王様の肩へ飛車を載せてみる。「おい由公《よしこう》お前こうやって駒《こま》を十枚積んでみねえか、積めたら安宅鮓《あたかずし》を十銭奢《おご》ってやるぜ」

一本歯《ぽんば》の高足駄を穿いた下剃《したぞり》の小僧が「鮓じゃいやだ、幽霊を見せてくれたら、積んで見せらあ」と洗濯《せんたく》したてのタウエルを畳《たた》みながら笑っている。

「幽霊も由公にまで馬鹿にされるくらいだから幅は利《き》かないわけさね」と余の揉《も》み上《あ》げを米噛《こめか》みのあたりからぞきりと切り落す。

「あんまり短《みじ》かかあないか」

「近ごろはみんなこのくらいです。揉み上げの長いのはにやけてて可笑《おか》しいもんです。——なあに、みんな神経さ。自分の心に恐《こわ》いと思うからしぜん幽霊だって増長して出たくならあね」と刃についた毛を人さし指と拇指《おやゆび》で拭《ぬぐ》いながらまた源さんに話しかける。

「まったく神経だ」と源さんが山桜*の煙を口から吹き出しながら賛成する。

「神経ってものは源さんどこにあるんだろう」と由公はランプのホヤを拭《ふ》

きながら真面目に質問する。

「神経か、神経はおめえ方々にあらあな」と源さんの答弁は少々漠然《ばくぜん》としている。

白暖簾《しろのれん》の懸《かか》った座敷の入口《いりぐち》に腰を掛けて、さっきから手垢《てあか》のついた薄《うす》っぺらな本を見ていた松《まつ》さんが急に大きな声を出して面白いことがかいてあらあ、よっぽど面白いと一人で笑いだす。

「なんだい小説か、食道楽《くいどうらく》*じゃねえか」と源さんが聞くと松さんはそうよ、そうかもしれねえと上表紙《うわびょうし》を見る。標題には浮世《うきよ》心理《しんり》講義《こうぎ》録《ろく》有耶無耶《うやむや》道人《どうじん》著《ちょ》とかいてある。

「なんだか長い名だ、とにかく食道楽じゃねえ。鎌《かま》さんいったいこりゃなんの本だい」と余の耳に髪剃を入れてぐるぐる回転させている職人に聞く。

「なんだか、訳の分らないような、とぼけたことが書いてある本だがね」

「一人で笑っていねえで少し読んで聞かせねえ」と源さんは松さんに請求する。松さんは大きな声で一節を読み上《あげ》る。

「狸《たぬき》が人を婆化《ばか》すと言いやすけれど、なんで狸が婆化しやしょう。ありゃみんな催眠術でげす……」

「なるほど妙な本だね」と源さんは煙《けむ》に捲《ま》かれている。

「拙《せっ》が一返古榎《いっぺんふるえのき》になったことがありやす、ところへ源兵衛《げんべえ》村《むら》の作蔵《さくぞう》という若い衆が首を縊《くく》りに来やした……」

「なんだい狸がなにか言ってるのか」

「どうもそうらしいね」

「それじゃ狸のこせえた本じゃねえか——人を馬鹿にしやがる——それから？」

「拙が腕をニューと出しているところへ古褌《ふるふんどし》を懸《か》けやした——ずいぶん臭《くそ》うげしたよ——……」

「狸のくせにいやに贅沢《ぜいたく》を言うぜ」

「肥桶《こいたご》を台にしてぶらりと下がるとたん拙はわざと腕をぐにゃりと卸《お》ろしてやりやしたので作蔵君は首を縊り損《そくな》ってまごまごしておりやす。ここだと思いやしたから急に榎の姿を隠してアハハハハハと源兵衛村中へ響くほどな大きな声で笑ってやりやした。すると作蔵君はよほど仰天《ぎょうてん》したとみえやして助けてくれ、助けてくれと褌を置去《おきざ》りにして一生懸命《いっしょうけんめい》に逃げだしやした……」

「こいつあ旨《うめ》え、しかし狸が作蔵の褌をとってなんにするだろう」

「おおかた睾丸《きんたま》でもつつむ気だろう」

アハハハと皆《みんな》一度に笑う。余も吹《ふ》き出《だ》しそうになったので職人はちょっと髪剃を顔からはずす。

「面白《おもしれ》え、あとを読みねえ」と源さん大いに乗気《のりき》になる。

「俗人は拙が作蔵を婆化したようにいう奴《やつ》でげすが、そりゃちとむりでげしょう。作蔵君は婆化されよう、婆化されようとして源兵衛村をのそのそしているのでげす。その婆化されようという作蔵君の御注文に応じて拙がちょっと婆化してあげたまでのことでげす。すべて狸一派のやり口は今日開業医の用いておりやす催眠術でげして、昔からこの手でだいぶ大方《たいほう》の諸君子を胡魔化《ごまか》したものでげす。西洋の狸から直伝《じきでん》に輸入いたした術を催眠法とか唱え、これを応用する連中を先生などと崇《あが》めるのはまったく西洋心酔の結果で拙などはひそかに慨嘆の至《いたり》に堪えんくらいのものでげす。なにも日本《にほん》固有の奇術が現に伝《つたわ》っているのに、一も西洋二も西洋と騒がんでものことでげしょう。今の日本人はちと狸を軽蔑《けいべつ》しすぎるように思われやすからちょっと全国の狸共《ども》に代って拙から諸君に反省を希望しておきやしょう」

「いやに理屈を言う狸だぜ」と源さんが言うと、松さんは本を伏せて「まったく狸の言うとおりだよ、昔だって今だって、こっちがしっかりしていりゃ婆化されるなんてことはねえんだからな」としきりに狸の議論を弁護している。してみると昨夜《ゆうべ》はまったく狸に致された*わけかなと、一人で愛想《あいそ》をつかしながら床屋を出る。

台町のわが家《や》に着いたのは十時ごろであったろう。門前に黒塗《くろぬり》の車が待っていて、狭い格子の隙《すき》から女の笑い声が洩《も》れる。ベルを鳴らして沓脱《くつぬぎ》にはいるとたん「きっと帰って入らっしゃったんだよ」と言う声がして障子がすうと明《あ》くと、露子が温《あたた》かい春のような顔をして余を迎える。

「あなた来ていたのですか」

「ええ、お帰りになってから、考えたらなんだか様子が変だったから、すぐ車で来てみたの、そうして、昨夕《ゆうべ》のことを、みんな婆やから聞いてよ」と婆さんを見て笑い崩れる。婆さんも嬉しそうに笑う。露子の銀のような笑い声と、婆さんの真鍮《しんちゅう》のような笑い声と、余の銅のような笑い声が調和して天下の春を七円五十銭の借家に集めたほど陽気である。いかに源兵衛村の狸でもこのくらい大きな声は出せまいと思うくらいである。

気のせいかその後《ご》露子は以前よりもいっそう余を愛するような素振《そぶり》に見えた。津田君に逢った時、当夜の景況を残りなく話したら、それはいい材料だ、僕の著書中に入れさせてくれろと言った。文学士津田真方《まかた》著幽霊論の七二頁《ページ》にK君の例として載っているのは余のことである。

（明治三八・五・一）

注釈

『文鳥』

五 *十月早稲田《わせだ》に移る　漱石は明治四十年（1907）九月二十九日、本郷区駒込西片町から牛込区早稲田南町に転居した。

*伽藍《がらん》　寺院。ここは、寺院の本堂のように人一人いない部屋の意味。

*片付けた顔　なにごともせず落ち付いて取りすましている顔。

*三重吉　鈴木三重吉。小説家。漱石の教え子で、このとき、東京帝国大学英文科三年。

*小説　「三月七日」（明治四十年〈1907〉二月作）。第一作「千鳥」、第二作「山彦《やまびこ》」に次ぐ第三作で、三重吉は、この三編を収めた短編集『千代紙』（明治四十年四月刊）によって文壇に認められた。

*奇麗　ふつう「綺麗」と書く。

七＊七子《ななこ》　「七子織」の略。絹織物の一種。織り目が魚卵のようにぶつぶつになっているので「魚子《ななこ》」とも書く。

＊悉皆《しっかい》　ことごとく。すべて。

＊小春　陰暦「十月」の異称。

＊千《ち》代《よ》千《ち》代《よ》と鳴く　「三月七日」に「鳥が『クルクルクル千代千代千代お千代ッ』と啼《な》く。……」と書かれている。

八＊豊隆《ほうりゅう》　小宮豊隆。評論家。漱石の門下生。このとき、東京帝国大学独文科三年。

三＊青軸　梅の栽培品種。樹皮が青味がかっている。

一四＊小説　明治四十一年（1908）一月一日から「朝日新聞」に連載された「坑夫」をさすと思われる。

一六＊菫《すみれ》ほどな小さい人　漱石の俳句に「菫ほどな小さき人に生れたし」（明治三十年〈1897〉作）というのがある。

三＊佐《さ》倉《くら》炭《ずみ》　千葉県佐倉市地方で作られる上等のなら炭。

＊薩摩五徳《さつまごとく》　薩摩屋形の五徳のこと。

二五＊羽根　外套の袖《そで》のこと。

三〇＊公札　ふつう「高札」と書く。公告などを書いて町辻《まちつじ》などに高く立てかげた板の札。

＊筆子《ふでこ》　漱石の長女。このとき八歳。

『夢十夜』

三四＊のっと　ぬっと。太陽ののぼり沈みのさまなどに形容する。芭蕉に「梅が香にのつと日の出る山路かな」という句がある。

＊唐紅《からくれない》の天道《てんとう》　深紅《しんく》の太陽。「お天道《てんと》さま」ともいう。

三六＊丁子《ちょうじ》　「丁字頭《がしら》」の略。燈心の頭にできた固まり。

＊海中文珠《かいちゅうもんじゅ》　「文珠」は、ふつう「文殊」と書く。文殊菩薩《ぼさつ》が獅子《しし》にまたがり雲に乗って海を渡るさまを描いた絵。

三七＊入室　禅宗で、師の室にはいって禅の試問に答えたり教義を問うたりすること。

三八＊全伽《ぜんが》　座禅のすわり方のことで、「半伽」（腰掛けて片足だけを組むすわり方）に対していい、両足の表と裏を前で組み合わせるもの。伽は、跏が正しい。

＊趙州　778—897。中国の禅僧。山東省の人。趙州観音院に住む。

＊鰐口　横に広い口のこと。

三九＊現前　目の前に現われること。禅語で「大疑現前」などという。

四三＊日が窪《くぼ》　港区麻布の地名。

＊堀田原《ほったはら》　現在の台東区浅草寿町付近の旧俗称。江戸時代、芝居の佐倉宗五郎で有名な佐倉藩主堀田正盛の屋敷があったが、焼失後は長く草原のままで堀田原と呼ばれていた。

四四＊文化五年　一八〇八年。辰年にあたる。

四七＊肝心絢《かんじよ》り　当て字。「観世縒《かんぜよ》り」のなまり。

五〇＊髪剃《かみそ》り　ふつう「剃刀」と書く。

五二＊空様《そらざま》に　空の方に向けて。からだを後ろへそらせたさま。

五三＊天探女　ふつう「天邪鬼」と書く。

＊運慶　鎌倉時代最大の仏師。生没未詳。東大寺南大門の仁王像は傑作の一つである。

＊護国寺　文京区大塚坂下町にある真言宗の寺。江戸時代の天和《てんな》元年(1681)創建。

五四＊位地　ふつう「位置」と書く。

＊辻待《つじま》ち　人力車夫が町辻などで客を待っていること。

＊日本　武尊《やまとたけるのみこと》『古事記』『日本書紀』に出てくる伝説的英雄。

五五＊素袍《すおう》「素襖」とも書く。室町時代に起こり、もと庶民の常服であったが、のちには武士の常服となった。

五六＊大自在　少しの束縛も受けない自由自在な境地。

五八＊蘇枋《すおう》の色　黒みをおびた赤色。

五九＊本真　まこと。ほんとう。

＊檝枕　船の楫《かじ》を枕にして寝ること。船旅。「波枕」ともいう。

六〇＊金牛宮《きんぎゅうきゅう》　黄道（太陽の軌道）十二宮の第二宮。太陽は四月下旬から五月下旬までここに位置する。

＊七星《しちせい》　北斗七星のことか。

六三＊帳場格子《ちょうばごうし》　以前、商家などの勘定場の囲いに立てられていた三枚折りの格子。

六五＊素袷《すあわせ》　素はだに直接袷を着る装い。

六六＊小判なりの桶《おけ》　長円形の桶。

六七＊鮫鞘《さめざや》　さめの皮を巻いて作った鞘。

六八＊金的《きんてき》　射的の一種。金紙をはった三センチ四方くらいの板のまん中に直径一センチくらいの円を描いたもので、弓道競技でこれを射当てる。

七一＊見舞物《みやげもの》　ふつう「土産物」と書く。

七三＊切り壁《ぎし》　すぐあとに「切り岸」「絶壁《きりぎし》」とあり、混用されている。

七三＊雲右衛門《くもえもん》　桃中軒雲右衛門。明治六年―大正五年（1873―1916）。浪曲師。本名、岡本峰吉。浪曲界の先駆者。一世を風靡《ふうび》した。

＊見懸《めが》けて　「見」は、ふつう「目」と書く。

七五＊相馬焼《そうまやき》　福島県相馬市で産する陶器。慶安年間（1648―1652）に田代源五右衛門がはじめた。走馬の絵を描いてあるので駒焼ともいう。

＊来《き》よう　「来《こ》よう」の東京なまり。

『琴のそら音』

七八＊勅任　勅任官。旧憲法による官制で一等・二等官。勅命によって任命されるのでこの名がある。

＊奏任　奏任官。旧制による三等官以下。総理大臣が奏上して任命されるのでこの名がある。

八〇＊数奇《すき》な　好きな。

八一＊功力《くりき》　「効力《こうりょく》」の意味で用いてあるが、「功力」は元来は「功徳《くどく》の力」

の意味。

八三＊伝通院辺《でんずういん》のなんとかいう坊主　明治二十七年（1894）十一月一日の子規あて書簡参照。

＊鬼門《きもん》　陰陽道《おんようどう》（中国伝来の易学）では艮《うしとら》（東北）の方角を鬼の出入する方角として忌み嫌う。

＊八方塞《はっぽうふさが》り　陰陽道《おんようどう》で、どの方角に向って事を行っても不吉な結果を生ずる時にいう。

八四＊三十匁《め》　四分の一斤《きん》の袋詰めの番茶。

＊狩野法眼元信流《かのうほうげんもとのぶりゅう》の馬《うま》　狩野元信（文明八年―永禄二年、1476―1559）は室町後期の画家で、狩野家二代目。初代正信の後を継いで狩野派の画風を確立、古法眼と称した。相馬焼の茶碗の底に金色の馬を描いたのは江戸時代の狩野尚信《なおのぶ》のころからとされている。

八五＊烈《はげ》しい　話の飛躍の仕方がはげしい。

八六＊輻輳《ふくそう》　物が一ところにこみあうこと。

＊身代限《しんだいかぎり》　破産。

八七＊武《む》庫《こ》山卸《やまおろ》し　神戸の六甲山から吹きおろす風のこと。謡曲「舟弁慶」で源義経一行が武庫山おろしに遭遇する。ここは危険の原因をいう。

九〇＊黒木《くろき》軍《ぐん》　日露戦争の時、陸軍大将黒木《くろき》為楨《ためもと》麾《き》下《か》の第一軍は戦功大きく、その名を知られた。

九一＊林屋正蔵《はやしやしょうぞう》　天明元年―天保十三年（1781―1842）。落語林屋派の祖で、道具入りの怪談をはじめた人。

九二＊巋《き》然《ぜん》　ひとり高くたつこと。ここは、成績抜群であることをいったもの。

九三＊漢水は依然として……　「漢水」は、中国の陝西《せんせい》省から発して湖北省漢口で揚子江に注ぐ漢江。千古不変の法則をいったもの。

九七＊ロード・ブローアム　Lord Broughum（1778―1868）。イギリスの貴族。雑誌「エディンバラ・レヴュー」の創刊に参与した人。

九八＊盲唖《もうあ》学校《がっこう》　文京区指ケ谷町にある聾唖学校。

＊植物園　東京大学附属植物園。

九九＊極楽水《ごくらくすい》　文京区役所と共同印刷株式会社を結ぶ坂の右側一帯をいう。この近くの寺で漱石は自炊生活をしていたことがある。

＊闃然《げきぜん》　ひっそりとさみしいさま。

一〇三＊切支丹坂《きりしたんざか》　文京区竹早町から茗荷谷に下る坂。この坂に沿って宗門改役井上筑後守の小石川山屋敷があり、そこに切支丹罪人の牢があったのでこう呼ばれた。

一〇五＊枸杞垣《くこがき》　枸杞の生垣。「枸杞」は、ナス科の小灌木。実や根が薬用になる。

＊三分心《さんぶしん》　ランプの芯の幅のことで、ふつうの五分心より短いもの。

一〇六＊チェスターフィールド　chesterfield（英）。ボタンを表面に出さないで前を合わせるようにした男子用オーバーコート。

一〇八＊胸打《むねうち》　みねうち。刀の背《みね》で打つこと。

一一八＊如鱗木《じょりんもく》　鱗《うろこ》状の木目《もくめ》。

一二九＊中央会堂　本郷の中央教会堂か。
一三〇＊日本《にっぽん》一の御機嫌《ごきげん》にて候《そろ》　謡曲「舟弁慶」中にある弁慶のセリフ。
一三三＊紅炉上の雪と消えて　あかくもえ上っている炉の上の雪はすぐとけて消えることから、たちまちに消滅することをいう。『碧巌録』六十九則にあることば。
一三四＊山桜　口付の紙巻煙草の名。明治三十七年（1904）から同三十九年（1906）まで市売された。
一三五＊食道楽《くいどうらく》　明治三十七年（1904）刊行された村井弦斎《むらいげんさい》作の全四巻の小説。弦斎（文久三年―昭和二年、1863―1927）は「報知新聞」編集長の職のかたわら、家庭小説をかき、料理・医療の知識にすぐれていた。
一三八＊致された　だまされた。

（吉田精一）

本書は、昭和三十一年九月に角川文庫より刊行した『文鳥・夢十夜・永日小品』を底本に再編集したものです。「琴のそら音」は、昭和三十五年九月に角川書店より刊行した『漱石全集　第三巻』を底本としました。なお本文中には、下女、漁夫、小僧、車夫、水夫、坊主、異人など、今日の人権擁護の見地に照らして使うべきではない語句や、「どうも盲目は〜不可いね」といった視覚障害に対する不適切な表現、また「働いておらぬ貧民は〜静かである」といった差別的な表現があります。しかしながら、作品全体を通じて差別を助長する意図はなく、執筆当時の時代背景や社会世相、また著者が故人であることを考慮の上、原文のままとしました。

（編集部）

100分間《ぶんかん》で楽《たの》しむ名作小説《めいさくしようせつ》

文鳥《ぶんちよう》

夏目漱石《なつめそうせき》

令和6年 3月25日　初版発行

発行者●山下直久

発行●株式会社KADOKAWA
〒102-8177　東京都千代田区富士見2-13-3
電話　0570-002-301（ナビダイヤル）

角川文庫 24084

印刷所●株式会社暁印刷
製本所●本間製本株式会社

表紙画●和田三造

●お問い合わせ
https://www.kadokawa.co.jp/（「お問い合わせ」へお進みください）
※内容によっては、お答えできない場合があります。
※サポートは日本国内のみとさせていただきます。
※Japanese text only

Printed in Japan
ISBN 978-4-04-114815-0　C0193

◇◇◇

角川文庫発刊に際して

角川源義

第二次世界大戦の敗北は、軍事力の敗北であった以上に、私たちの若い文化力の敗退であった。私たちの文化が戦争に対して如何に無力であり、単なるあだ花に過ぎなかったかを、私たちは身を以て体験し痛感した。西洋近代文化の摂取にとって、明治以後八十年の歳月は決して短かすぎたとは言えない。にもかかわらず、近代文化の伝統を確立し、自由な批判と柔軟な良識に富む文化層として自らを形成することに私たちは失敗して来た。そしてこれは、各層への文化の普及滲透を任務とする出版人の責任でもあった。

一九四五年以来、私たちは再び振出しに戻り、第一歩から踏み出すことを余儀なくされた。これは大きな不幸ではあるが、反面、これまでの混沌・未熟・歪曲の中にあった我が国の文化に秩序と確たる基礎を齎らすためには絶好の機会でもある。角川書店は、このような祖国の文化的危機にあたり、微力をも顧みず再建の礎石たるべき抱負と決意とをもって出発したが、ここに創立以来の念願を果すべく角川文庫を発刊する。これまで刊行されたあらゆる全集叢書文庫類の長所と短所とを検討し、古今東西の不朽の典籍を、良心的編集のもとに、廉価に、そして書架にふさわしい美本として、多くのひとびとに提供しようとする。しかし私たちは徒らに百科全書的な知識のジレッタントを作ることを目的とせず、あくまで祖国の文化に秩序と再建への道を示し、この文庫を角川書店の栄ある事業として、今後永久に継続発展せしめ、学芸と教養との殿堂として大成せんことを期したい。多くの読書子の愛情ある忠言と支持とによって、この希望と抱負とを完遂せしめられんことを願う。

一九四九年五月三日